한국 홍보전문가 **서경덕**의

세계를 향한
무한도전

한국 홍보전문가 **서경덕**의

세계를 향한

위대한도전

MISSION!
대한민국을 알려라!

'세계를 향한 무한도전'을 내며

고등학교에 다닐 때 한 가지 꿈이 있었다. 그것은 바로 대학에 들어가면 5대양 6대주를 누비며 배낭여행을 한다는 것이다. 고등학교 수업시간에 우리나라는 아시아에서 두 번째로 올림픽을 치른 나라이자 세계 경제 11위 대국이라 배웠다. 그래서 나는 해외에 나가면 외국인들이 대한민국에 대해 아주 잘 알고 있을 것이라 생각하며 들뜬 마음으로 첫 유럽 배낭여행을 떠났다.

하지만 처음 떠난 배낭여행에서 굉장히 큰 충격을 받았다. 중국과 일본에 대해서는 유럽인들이 굉장히 잘 알고 있었지만 우리나라에 대해서는 너무나 모르고 있었다. 심지어 아직까지 한국이 일본어를 사용하는 줄 알고 있는 사람이 있었으니 정말이지 얼굴이 화끈거리지 않을 수 없었다.

그때 나는 다짐을 했다. 우리나라를 세계에 알리고 우리의 훌륭한 문화를 외국인들에게 많이 전파해야겠다고 말이다. 세계를 다니며 선진 문화를 배우는 것도 중요하지만 우리의 문화를 세계인들에게 전파하는 것 역시 무엇보다 중요하다고 생각했다.

그래서 난 작은 것부터 실천에 옮기기로 하고 트렁크 하나를 더 준비했다. 트렁크 안에 영문으로 된 대한민국 소개 책자와 우리나라를 대표하는 각종 부채, 태극배지 등을 넣고 다니며 만나는 사람들마다 선물하기 시작했다. 그것이 나의 첫 '한국 알리기 프로젝트'였다.

그 후 나는 지난 14년 동안 5대양 6대주를 직접 다니며 대한민국의 문화와 역사를 세계인들에게 널리 알리는 프로젝트를 진행해 왔다. 뉴욕타임스, 월스트리트저널, 워싱턴포스트 등 세계적인 일간지에 독도, 동해, 일본군 위안부,

고구려 관련 광고를 내 주목을 받기도 했다. 또한 뉴욕 메트로폴리탄박물관, 현대미술관(MoMA), 미국 자연사박물관 등에 한국어 서비스를 이끌어내는 등 다양한 한국 홍보 활동을 해왔고 그래서 얻은 직함이 바로 '한국 홍보 전문가 (Korean PR Expert)'다.

이런 활동을 하다 보니 참 좋은 분들을 많이 만나게 됐다. 세계적인 설치 미술가 강익중 씨, 패션디자이너 이상봉 씨, 가수 김장훈 씨, 탤런트 최수종 씨 등 다양한 분야의 전문가들을 만나게 되어 많은 도움을 받았고 또한 함께 많은 일들을 벌일 수 있었다.

특히 나의 이런 활동에 기꺼이 동참하여 도와주신 정부 및 기업, 지자체, 학계, NGO 관계자분들께 너무나 감사드린다. 또한 작년에 독도 관련 전면광고 모금 운동을 벌여주신 수많은 네티즌들께 이 자리를 빌어 다시금 감사함을 전한다.

무엇보다 이런 프로젝트가 잘 될 수 있었던 것은 자신의 일처럼 늘 도와준 선후배들, 친구들이 있었기에 가능했다. 특히 이런 일을 진행하는 데 있어서 초반에 협찬이 잘 되지 않아 많이 힘들었을 때 옆에서 물심양면으로 도와주신 부모님, 매형들, 누나들… 이런 모든 분들께도 역시 감사함을 전하고 싶다.

나의 이런 소중한 경험들을 모아 작은 책 한 권을 내게 됐다. 나 자신을 다시금 되돌아 볼 수 있었던 좋은 계기도 되었고 앞으로 어떤 일들을 더 해나가야 할지에 대한 또 다른 계획도 세울 수 있었다.

무엇보다 이 책이 많은 젊은이들로 하여금 세계를 향한 꿈을 키워나가는 데 조금이나마 보탬이 되었으면 싶다. 그리하여 글로벌 시대에 우리나라 젊은이들이 더 큰 세상에 나가 자신들의 꿈과 열정을 마음껏 펼쳤으면 하는 바람이다.

서 경 덕

직함이 'Korea PR Expert(한국 홍보 전문가)'인 사나이. 서경덕 씨는 미국 유력지에 독도 광고를 낸 인물로 잘 알려져 있다. 하지만 서씨의 한국 PR 스토리는 1996년으로 거슬러 올라간다. 그 시절 서씨는(그의 표현을 빌리자면) '모든 대륙에 침 한 번 뱉어보는 게 소원인 파릇한 대학생'이었다. 당시 서씨는 유럽 배낭여행 중이었다. 한국은 월드컵 유치를 준비하고 있었다. 유럽을 돌아다니는 한국 배낭족이 모여 한국을 알릴 수 있는 행사를 열었으면 좋겠다고, 대학생 서씨는 바랐다. 어떤 날이 좋을지, 장소는 어디로 하면 괜찮을지 서씨는 생각했다고 한다. 그런 여러 가지 고민이 쌓여 닿은 지점이 '8·15광복절 파리의 에펠탑'이었다. 조국을 떠난 젊은이들이 유럽의 중심에 모여서 펼치는 '한국 홍보'는 낭만적이고 정열적이었을 것이다. 서씨의 아이디어는 PC통신을 타고 알려졌고, 입에서 입을 따라 퍼져갔다. 한국 홍보 행사는 이렇게 시작됐다. 그리고 지금까지 이어져오고 있다. 몇 년 후 〈론리 플래닛〉 같은 여행서적에 '에펠탑 앞에서 8월 15일이면 펼쳐지는 한국 홍보 행사'가 '꼭 챙겨봐야 할 행사'로 소개될지 모를 일이다. 서씨의 힘은 바로 이것이다. 사람들이 원하는 것을, 사람들이 가장 좋아할 만한 방법으로 세상에 알리는 것.

강인식 (중앙일보 기자)

와~ 이번에도 나를 또다시 경악시켰다. 다름 아닌 뉴욕타임스에 'Error in NYT(뉴욕타임스의 실수)'라는 전면광고를 또 실은 것이다. 세계에서 가장 주목받는 신문에 '이건 당신들의 실수야!'라고 정정당당하게 얘기할 수 있는 건 오직 서경덕 씨밖에 없을 것이다. 어떻게 이런 아이디어가 나왔는지, 나도 그렇게 오래 산 것은 아니지만 지금껏 살아오면서 이렇게 아이디어가 탁월한 사람은 처음 봤다. '대한민국 홍보'라는 한 우물을 벌써 15년째 파는 서경덕 씨, 국가도 하지 못하는 일을 서슴치 않고 행하는 서경덕 씨, 이런 서경덕 씨의 앞날에 더욱더 큰 축복과 행운이 함께하길 바란다.

김장훈 (가수)

뉴욕타임스와 독도 광고. 어울릴 것 같지 않은 일을 이루어낸 서경덕 씨는 끼로 뭉친 사람이다. 대한민국의 문화와 역사를 지구촌 곳곳에 널리 알리고 영토 수호에도 앞장 서면서 파격적인 광고 등 기발한 착상으로 세계인은 물론 우리 국민들에게 신선한 감동을 선사하고 있다. 또한 독립기념관 홍보대사로 역사자료 기증운동 등 나라사랑 정신을 일깨우는 데도 일조하고 있다. 이렇게 서경덕 씨가 5대양 6대주를 누벼온 이야기는 자라나는 세대들이 세계를 향한 꿈과 열정을 키워나가는 데 크게 보탬이 될 것으로 믿는다.

김주현 (독립기념관장)

내가 그를 처음 본 건 2001년도다. 당시 뉴욕에서 돌아와 '월드컵 잔디재킷'을 개발하여 세계 속에 한일 월드컵을 홍보하고 다녔다. 그때만 하더라도 월드컵에 미친 한 평범한 대학원생쯤으로 생각했었다. 그 후 그는 뉴욕타임스, 월스트리트저널, 워싱턴포스트 등에 독도, 동해, 위안부, 고구려 관련 광고를 게재하여 큰 화제를 불러 일으킨 주인공이 되었다. 또한 뉴욕 메트로폴리탄박물관과 현대미술관(MoMA), 미국자연사박물관 등에 한국어 서비스를 성사시키는 등 명실공히 '한국 대표 홍보 전문가'로 현재 활약중이다. 이 책을 통해 앞으로 더 많은 한국 홍보 전문가가 탄생하기를 바라며 더 큰일을 하기 위해 늘 건강하기를 기원한다.

신동흔 (조선일보 기자)

한국 홍보 전문가 서경덕 교수의 이 책은 국가와 민족에 대한 사랑이 무엇인지, 지난 15년의 삶을 열어 보이며 명쾌하게 제시하고 있다. 역사가 바로 선 미래를 위해 용기 있는 실천이 무엇보다 중요함을 일깨우는 그의 패기와 열정이 감동과 함께 많은 이야기를 전해 주고 있다. 대한국민으로서, 서 교수와 함께 동북아의 역사를 새로 쓰고 있는 성신의 한사람으로서 젊은 독자들과 함께 그의 나라사랑에 힘찬 응원을 보낸다.

심화진 (성신여자대학교 총장)

먼저 서경덕 씨의 책 발간을 축하드립니다. 한글옷을 파리 컬렉션에 처음 선보였을 때 유럽 사람들은 한국이 중국 한자나 일본의 히라가나가 아닌 독자적 문자를 갖고 있다는 사실 자체에 많은 충격을 받았습니다. 이처럼 한글은 한국의 정체성과 독창성을 세계에 알리는 가장 좋은 문화유산이 아닐까 싶습니다. 뉴욕현대미술관(MoMA)에 한국어 안내 서비스를 실시하고 이라크를 비롯한 해외 파병국에 한글을 알리는 등 한글 세계화를 위해 노력하고 있는 서경덕씨의 앞날에 축복과 응원을 보냅니다.

이상봉 (패션 디자이너)

목차

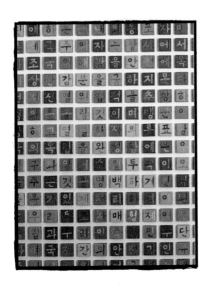

한 네티즌이 다음 사이트를 통해 모금운동을 시작했고 광고회사들이 기부한 광고 시안 가운데 네티즌들이 투표로 직접 선택했다. 이어 뉴욕, 파리, 워싱턴 등지의 유학생들이 현지인을 대상으로 테스팅 작업을 거친 끝에 2008년 8월 25일 워싱턴포스트 A14면 전면에 '역사왜곡을 중단하라'는 제목의 독도 관련 광고가 실렸다. '국민광고'가 탄생한 것이다. 10만여 네티즌들의 단합된 저력에 경탄이 절로 나왔다.

1장

세계를
놀라게 한
광고

네티즌 10만 명이 참여한
국민 광고의 탄생

★ "또 다른 독도 관련 광고를 하기 위해 네티즌들이 모금 운동을 시작했습니다."

가수 김장훈 씨가 광고 금액을 지원한 동해 및 독도 관련 광고(2008년 7월 9일자 뉴욕타임스 A15면)가 나가고 얼마 지나지 않아 포털사이트 '다음'의 사회공헌팀에서 연락이 왔다.

사이트에 접속한 순간 입을 다물 수가 없었다. 모금을 시작하자마자 몇 시간 만에 1천만 원의 금액이 모여들었다. 곧 모금액을 3천만 원으로 올리겠다는 전달을 받았다. 이 목표액도 하루 만에 채워졌다. 다음 측에서도 놀라는 반응이었다.

"지금까지 많은 모금운동이 있었지만 하루 만에 3천만 원이 모인 적은 처음입니다. 다시 1억 원으로 올려 모금을 받겠습니다."

나도 어리둥절한 가운데 이 금액도 1주일 만에 완료됐다. 최단 기간에 최다 인원이 참여해 최고 금액을 달성한 것이다. 일본 정부가 중학교 해설서를 통해 역사 왜곡을 한다는 언론 보도가 나온 지 얼마 되지 않을 무렵이었다. 한 네티즌이 모금운동을 시작하면서 불이 붙은 것이다.

모금은 초등학생의 1원에서부터 일반인의 20만 원에 이르기까지 그야말로 십시일반으로, 인터넷 머니나 핸드폰 결제 혹은 은행송금 등 다양한 형태로 이루어졌다. 개인뿐 아니라 단체나 기업, 동호회 등에서도 적극적으로 참여했다. 이렇게 해서 '독도광고 희망모금액' 약 2억1천만 원이 다음세대재단을 통해 나에게 전달되었다.

그것은 끝이 아니었다. 이어서 여러 광고회사에서 제작에 참여하겠다는 연락이 왔다. 다음 관계자들과 회의를 거쳐 광고회사로부터 다수의 광고 안을 기부 받아 네티즌을 대상으로 투표에 부치기로 했다. 총 3개 안 중에서 A안이 60% 득표율을 보여 최종안으로 선택됐다. 광고에 대해서도 네티즌 1천여 명 이상의 의견을 고려하여 분구를 수정하기도 했다.

광고에는 일본 정부의 부당함을 알리는 글을 삽입하고 독도에 관한 간략한 설명과 사진을 동시에 실어 '독도는 한국 땅'이라는 사실을 강조했다. 광고 하단에는 네티즌 약 10만여 명이 참여했다는 문구를 넣었다.

광고 게재일은 2008년판 일본 방위백서가 출간되기 직전인 8월 25일로 잡았다. 일본이 방위백서에 독도를 자기네 땅이라고 발표하기에 앞서 세계인들을 상대로 일본 정부의 부당함을 널리 알리기 위함이었다.

정부, 기업, 학계, 민간 부문뿐만 아니라 재외동포까지 힘을 합쳐 '독도가 한국 땅'이라는 국제여론을 이끌어낸 이번 광고는 세계적으로도 유례가 없는 것으로, 한국 광고사에 남을 사건임이 분명했다.

포털 역사상 최단 기간, 최대 인원, 최대 금액이 모인 '독도 광고비 모금 운동' 캠페인. 약 11만 명이 참여한 이 캠페인으로 워싱턴포스트와 뉴욕타임스에 전면광고를 낼 수 있었다.

폭탄메일도
두렵지 않다

★ 이 광고는 네티즌 10만여 명이 자발적으로 모금운동을 펼쳐 광고비를 모았다는 점에서 해외 언론의 관심도 컸다. 중국 뉴스 전문사이트 '중신왕'은 "뉴욕타임스에 이어 워싱턴포스트지에도 한국의 '독도 광고'가 실렸다."면서 네티즌에 의해 광고 비용이 모금되고 광고안이 결정된 과정 등을 자세히 보도했다. 이를 접한 중국 네티즌들은 "한국인의 애국심은 본받을 만하다."며 댓글을 달기도 했다.

광고가 나가자 다양한 반응들이 이메일과 휴대폰으로 들어왔다. 전화가 너무 많이 걸려와 배터리 여분을 2개 더 가지고 다녔다.

한국인들로부터 전달되는 메시지는 모두 격려와 감동이 실린 내용이었다. 광고 모금운동에 참여한 네티즌들은 더욱 좋아했다. 그러면서 "무슨 일이든 다 돕겠다."며 필요한 금액을 물어보기도 했다.

미국인들은 "독도라는 섬이 그렇게 중요하냐?" 혹은 "한국인들은 모두 그렇게 열정적이냐?"는 의문형 호기심을 보였다. 외국인 중에는 "당신은 부자인 것 같은데 돈을 쓸 줄 아는 사람이다."라는 반응도 있었다. 반면 일본인들의 반응은 이것저것 따지는 내용부터 협박 섞인 내용까지 예전 광고에 대한 반응과 다를 게 없었다. 이제 나를 좀 안다는 일본 극우단체의 한 회원은 서투른 한국말로 전화를 걸어와 "도대체 당신이 이 일을 하는 이유가 뭐냐?"며 진심으로 궁금해 하기도 했다.

또 다른 일본인은 폭탄 메일을 통해 심한 말을 퍼붓기도 했다. 나에게 직접 전화한 일본인들은 하나같이 격앙된 투였다. 논리적이고 이성적이기보다는 대부분 감정적으로 비난을 퍼부었다. 그런가 하면 비장한 목소리로 "가만 두지 않겠다."고 협박을 하는 일본인도 있었다. 이런 식의 협박 전화는 이미 2005년부터 숱하게 경험한 터였다.

이러한 관심(?)들은 두려움보다는 더 큰 용기를 불러일으켰다. 내가 생각하는 글로벌 홍보의 의미란 '우리 것'을 '우리 것'이라고 정정당당하게 이야기할 수 있는 용기와 실천력이기 때문이다.

광고를 하고 남은 모금액으로 2009년 5월 뉴욕타임스에 동해 표기에 관한 주제로 전면광고를 실었다. 이제는 뉴욕타임스, 워싱턴포스트, 월스트리트저널 등 세계적인 유력지들이 나에게 광고 유치를 하기 위해 좋은 조건을 제시하기도 한다.

2009년 5월 11일 뉴욕타임스에 실린 전면광고. '뉴욕타임스의 실수(Error in NYT)'라는 주제의 이 광고는
'일본해(Sea of Japan)'로만 표기하는 뉴욕타임스 측에 '동해(East Sea)'가 옳은 표기라는 것을 지적하는
내용이다.

★ 나는 '한국 홍보 전문가'라는 타이틀로 매년 역사적인 기념일에 맞춰 프로젝트를 실행해 왔다. 건국 60주년이 되는 2008년이 되자 '또 뭔가 일을 해보자!'는 생각에 몰두했다.

당시 나는 독도를 주제로 한 최초 다큐멘터리 영화의 기획 프로듀서를 맡아 분주하게 일하고 있었다. 한편으로는 미국 유명 일간지에 독도 관련 전면광고를 준비 중이었다.

이 영화는 다큐멘터리인 만큼 내레이션의 비중이 크다. 그 내레이션을 누구에게 맡길까 하고 많은 궁리를 하다가 가수 김장훈 씨를 떠올렸다. 그는 봉사활동과 기부행위 등으로 선행을 많이 하는, 우리 시대의 대중스타이자 사회적으로도 많은 이슈를 만든 인물이었다. 영화제작사 사장님과 함께 김장훈 씨를 만나러 갔다. 김장훈 씨가 나에게 악수를 청하며 말을 던졌다.

"뉴스와 인터넷을 통해 서경덕 씨가 하는 일을 잘 봤어요. 언젠가는 함께 일을 해보고 싶었습니다. 만날 사람은 죽기 전에 다 만나는 법인가 봅니다."

김장훈 씨는 내가 해온 일에 대해 비교적 자세히 알고 있었고, 그러면서 분위기는 점차 화기애애해졌다.

"뉴욕타임스 광고도 봤는데 표현기법이 아주 세련됐다고 생각했죠. 나도 한국을 알리는 이런 홍보를 한번 해보고 싶었는데……. 우린 아주 잘 만났네요."

나는 찾아온 용건을 간략하게 설명했다. 하지만 그는 내레이션에 관한 얘기보다는 광고 이야기를 더 많이 했다. 헤어진 다음날 휴대폰으로 문자 메시지를 날렸다.

"우리나라를 위해 형님과 함께 무언가를 해보고 싶습니다."

김장훈 씨는 나에게 전화를 걸어 답을 해주었다.

"나도 서경덕 씨를 만나 이런 일을 함께 만들어 보고 싶었습니다."

우리는 그때부터 형, 아우 사이로 통했다. 그 후로 우리는 자주 문자와 전화로 안부를 물으며 급속도로 가까워졌다.

그러던 어느 날 "내레이션에 참여할 테니 최초의 독도 다큐멘터리 영화 한번 잘 만들어보자."고 자연스럽게 의기투합하게 됐다. 그러다 며칠 뒤 김장훈 씨가 갑자기 이런 질문을 던졌다.

"경덕이는 요즘 영화 말고 또 뭘 준비하나?"

김장훈 씨에게 독도 관련 전면광고 게재에 대한 구상을 살짝 설명했다. 설명을 듣고 난 후 그가 말했다.

다큐멘터리 영화 〈미안하다, 독도야〉를 인연으로 알게 된 김장훈 씨. 지금은 형, 동생 사이로 의형제를 맺었다. 수차례 전면광고 비용을 후원해줘 세계인들에게 독도와 동해를 널리 알릴 수 있었다.

"그래? 이번 광고는 내가 쏜다. 너는 광고비 걱정 말고 잘 만들기만 해라."

나는 큰 소리로 대답했다.

"알겠습니다, 형님. 그렇다면 우리 이번 한 번으로 끝내지 말고 계속 함께 합시다. 그리고 전면광고는 이번이 처음이니 화끈하게 저질러 보자고요."

김장훈 씨 역시 '파급력이 큰 홍보방법'이라는 데 동의하며 매우 좋아했다. 사실 이번에는 광고 크기가 전면광고인지라 나로서도 광고 금액을 마련하는 것이 상당한 부담이었다. 그런데 김장훈 씨가 전액 지원하겠다고 나서는 바람에 더욱 더 신바람이 났다.

광고 작업은 함께 일했던 듬직한 후배들이 맡았다. 몇 달간의 고된 작업에도 즐겁게 최종 광고 시안을 마무리한 뒤 뉴욕타임스로 파일을 보내고 광고료를 송금시켰다.

광고가 나가기 전날 우리는 문자 메시지를 주고받았다.

"경덕아, 가슴이 두근거린다."

"형님, 저도 잠이 오지 않을 것 같습니다."

"일본에서 가만있을까?"

"혹시 모를 반박광고에 대비해 모든 걸 준비해 놨으니 너무 걱정 마십시오."

이미 우리 둘은 광고 후 반응에 대해서까지도 깊이 고민하고 있었다.

당신은 알고 계십니까?

★ 마침내 2008년 7월 9일자 뉴욕타임스 A15면에 동해와 독도에 관한 광고가 실렸다. '당신은 알고 계십니까(DO YOU KNOW?)?'라는 고딕 글자체가 선명한 전면광고였다.

본문에는 한반도 주변지도와 함께 '지난 2000년 동안 한국과 일본 사이의 바다는 동해(East Sea)로 불려 왔고 동해에 위치한 독도(Dokdo)는 한국의 영토이다. 일본 정부는 이 사실을 인정해야만 한다.'는 문구를 넣었다.

하단에는 '무엇보다 한국과 일본은 다음 세대들에게 올바른 역사를 물려줌과 동시에 지금부터 동북아시아의 평화와 번영을 위해 함께 노력해 나가자.'는 미래지향적인 의견도 함께 넣었다.

광고 게재일을 7월 9일로 잡은 것은 14일에 일본 정부가 중학교 신학습 지도요령 사회과 해설서에 '독도는 일본 땅'이라는 내용을 명기할 예정이었기 때문이다. 그 무렵 G8(서방선진 8개국 정상회담)도 일본에서 개최됐다.

이 광고가 나가자 AP통신, 교도통신 등을 통해 전 세계로 기사가 타전되었다. 해외 언론사에서도 연락이 와 월스트리트저널 한국특파원과 인터뷰를 하기도 했다. 정말이지 거의 모든 언론사에서 인터뷰 요청이 오는 바람에 일을 제대로 못할 지경이었다. 이메일은 1천 통 이상 받았다.

해외 각국의 교포들은 광고 시안을 보내달라고 연락을 해왔다. 각국의 유력 신문에 교포들이 힘을 모아 그 광고를 똑같이 싣겠다는 것이었다. 나는 독일, 캐나다, 호주, 베트남, 괌 등에 광고 시안을 보냈다.

또 미국과 유럽, 아시아의 많은 한인학생회에서 광고 파일을 받아 티셔츠를 만들어 입고 다니는 캠페인을 전개하기도 했다. 말레이시아, 홍콩 등지에서는 한류 잡지에 광고를 게재하겠다는 의사를 밝혀 왔다. 이렇게 해서 독도 광고는 그야말로 전 세계로 확산되었다.

그뿐만이 아니었다. 멕시코에서는 독도 광고를 차량 스티커용으로 제작했고, 캐나다의 한인 택배회사에서는 포장 박스에 광고를 인쇄해서 전 세계로 배송했다.

뉴욕에서는 교포들이 성금을 모아 뉴욕타임스에 광고를 한 번 더 내겠다는 연락도 해왔다. 맨해튼에서 세탁소를 운영하시는 어떤 분은 옷 비닐커버에 같은 광고를 인쇄해 외국인들에게 전달하기도 했다. 어느 버스 운송회사 대표는 버스 광고를 하겠다며 광고 원본을 요구하기도 했고, 수출 쌀 포대에 독도 광고를 넣겠다는 분도 있었다.

김장훈 씨 역시 수없이 많은 전화와 인터뷰 요청을 받고 고무된 표정이었다. 그는 "이렇게 반응이 클 줄 몰랐다."며 감격스러워 했다. 우리는 독도 수호를 위해 국제여론을 지속적으로 환기시켜 보자는 데 의견을 모았다.

그는 내 어깨를 두드리며 "네 뒤에는 항상 형이 있으니까 염려 말고 좋은 프로젝트가 있으면 언제든지 함께 진행하자."며 격려를 해주었다. 김장훈 씨는 내레이션 비를 모두 기부해 해외 동포 2~3세 어린이들에게 보낼 〈미안하다 독도야!〉 DVD 제작비로 써달라고 했다. 든든한 조력자인 김장훈 씨에게 이 자리를 빌려 고맙다는 인사를 다시금 전하고 싶다.

"장훈이 형, 고마워!"

DO YOU KNOW?

For the last 2,000 years,
the body of water between Korea and Japan
has been called the "East Sea".

Dokdo (two islands) located in the East Sea
is a part of Korean territory.
The Japanese government must acknowledge two facts.

Please visit www.ForTheNextGeneration.com
for historical background and more information
on the East Sea and Dokdo.

Moreover, Korea and Japan must pass down
accurate facts of history to the next generation
and cooperate with each other to realize peace and prosperity
in Northeast Asia from now on.

www.ForTheNextGeneration.com

2009년 5월 11일 뉴욕타임스에 실린 전면광고. 가수 김장훈 씨와 함께 처음으로 작업한 작품이다. 국내외로 큰 파장을 불러 일으켰으며 특히 AP통신, 교도통신 등을 통해 전 세계로 기사화가 되어 홍보 효과가 배가되었다.

독도 홍보의 새로운 영역, 다큐영화에 도전하다

★ 민감하고 딱딱한 문제일수록 부드럽게 접근하는 것이 효과적이다. 감동을 줄 수 있는 친근한 이야기를 통해 메시지를 전달하는 것이 사실을 그대로 나열하는 것보다 사람의 의식 속에 부드럽게 스며들고 기억에 오래 남기 때문이다.

독도 문제 역시 마찬가지다. 독도 문제에 관해 지속적으로 여론을 환기시키려면 어떻게 해야 할까. 궁리 끝에 생각해낸 것이 스토리텔링을 통해 문화 콘텐츠와 접목시키는 것이었다. 그래서 세계인들에게 가장 자연스럽게 접근하여 잘 알릴 수 있는 방법으로 다큐멘터리 영화를 떠올렸다. 그렇게 만들어진 영화가 2008년 12월 31일 개봉한 〈미안하다 독도야!〉이다.

영화라는 장르는 내게 새로운 도전이었다. 나는 정치·외교적인 문제를 문화적인 코드로 풀어보고 싶다는 바람을 가지고 이번 영화의 기획 프로듀서로 참여했다. 내용 자체가 워낙 민감한 사안인데다, 제작에 있어서는 투자부터 배급까지 고난의 연속이었다. 17개월 동안 전국을 돌아다니며 촬영을 했고, 독도에 대한 일본의 야욕을 엿볼 수 있는 현지 상황들도 낱낱이 카메라에 담아냈다.

영화는 〈식객〉, 〈맨발의 기봉이〉를 제작했던 영화사 '지오 엔터테인먼트'의 최현묵 사장님과 의기투합해서 만들어졌다. 어느 날 영화사의 최 사장님이 내게 의견을 물어왔다.

"경덕아, 국내도 좋지만 영화를 해외에 알릴 독특한 방법이 없겠냐?"

나는 영화를 홍보하기 위해 3가지 프로젝트를 수행할 계획을 세웠다. 첫째가 외국의 여러 다큐멘터리 영화제에 출품하는 것이다. 둘째는 10개 언어로 DVD에 담아 192개국의 정부 및 국회, 유엔대사, 문화원 등에 보내는 것이다. 아울러 전 세계에 퍼져 있는 해외 한인학교의 교육용 자료로 보낼 계획을 세웠다.

해외에 다니면서 대한민국을 알리는 일을 하다보니 동포들을 대상으로 특강을 할 기회가 많았다. 교포 자녀들 중에는 평일에는 현지 학교에 다니다가 주말에만 한인학교에 다니는 경우도 많았는데, 이들 학부모들이 한국의 문화를 잊지 않고 알려주기 위해 강연 장소를 따로 빌려서 나를 초대하곤 했다. 그때마다 어린 학생들에게 우리의 독도를 쉽게 알려주기 위한 동영상 자료가 있으면 좋겠다는 생각을 했다. 그런 점에서 이번 영화가 굉장히 좋은 교육 자료로 활용될 수 있으리란 확신이 들었다.

또 하나의 계획은 중요한 영상을 묶어 뉴욕의 타임스스퀘어 광장의 전광판에 영상광고를 내보내는 것이다. 물론 비용이 많이 들겠지만 수

많은 해외 관광객들에게 독도의 영상을 보여주는 것이어서 상징성이 매우 클 것으로 보인다. 또한 타임스스퀘어 광고에서 한발 더 나가 CNN 같은 세계적인 채널의 영상광고에도 이번 영화를 활용해 보고 싶었다.

세계인들의 마음을 움직이는 데 문화적인 코드가 중요하다고 느낀 계기는 북한의 인권탄압 문제를 다룬 뮤지컬 〈요덕 스토리〉를 통해서다. 나는 워싱턴에서 우연히 〈요덕 스토리〉를 관람할 기회가 있었는데, 뮤지컬이 공연되기 전까지만 해도 북한의 인권문제에 대해 아무리 언론에서 떠들고 정치권에 호소를 해도 반응이 썩 크진 않았었다. 하지만 뮤지컬이 소개되면서 당시 워싱턴 정가에서 크게 주목을 받았고, 여러 언론매체에서도 북한의 인권문제에 대해 이슈화되었다.

이때 정치적으로 풀지 못하는 문제는 문화적 코드를 활용해야 사람들의 마음을 움직일 수 있다는 사실을 절감할 수 있었다. 독도 역시 막연하게 '우리 땅'이라고 외치는 것보다 영화라는 매개체로 세계인들에게 보다 자연스럽게 홍보하는 것이 사람들의 마음을 움직일 수 있을 것이라는 생각이 들었다.

〈미안하다 독도야!〉에는 지금까지 독도를 지켜온 사람들의 이야기와 현재 지키는 사람들의 이야기, 그리고 앞으로 어떻게 지켜 나갈 것인지에 관한 메시지를 담아 다큐멘터리 방식으로 제작했다.

영유권에 관해서도 우리나라와 일본의 서로 다른 주장을 일목요연하게 정리하는 한편, 독도가 처한 현실적 위기들에 대해서도 전문가의 인터뷰를 통해 다뤘다. 또한 현재 독도에 살고 있는 김성도 할아버지 부부의 일상과 독도를 세계에 알리기 위해 다양한 방법으로 활동하는 사람들의 모습도 담았다.

독도 앞바다에 초대형 태극기를 펼쳐서 기네스북에 도전하기도 했다. 울릉도에서 약 두 달간에 걸쳐 전국에서 온 관광객을 대상으로 손바닥에 유성 페인트를 묻혀 태극기 문양에 핸드프린팅을 한 것이다. 이 방법으로 가로 30미터, 세로 20미터의 초대형 국기를 제작했는데, 특히 건국 60주년의 의미를 담아 기획한 이 프로젝트는 가장 많은 국민이 참여하여 만든 태극기라는 점에서도 의미가 컸다. 이 프로젝트에 국민 6천 명이 참여했는데, 제작 과정은 물론 초대형 태극기를 독도 앞바다에 띄운 모습을 항공 촬영하여 영화 〈미안하다 독도야!〉의 주요 장면으로 활용했다.

독도 앞바다에 띄워진 초대형 태극기. 국민들의 염원을 담아 가로 30m, 세로 20m 대형 천에 국민 6천 명의 손도장을 찍어 만든 것이다. 울릉도에서 2개월간 제작하여 〈미안하다 독도야!〉 영화의 마지막 장면으로 사용되어 가슴 뭉클한 영상을 만들어냈다.

영화는 수많은 화제를 불러일으키며 작년 12월 31일 전국에서 개봉되었다. 당초 우리가 기대했던 것만큼 많은 관람객을 모으지는 못했지만 뒤늦게 교육 자료로서의 가치를 인정받아 2009년 8월에 재개봉할 수 있었다. 여기에는 서울시 교육청의 전폭적인 지지가 도움이 됐다. 그렇게 해서 많은 초·중·고교 학생들의 단체 관람 문의가 쇄도했고, 늦게나마 가치를 인정받아 모든 스태프들이 보람을 느낄 수 있었다.

여기에서 끝나지 않고 이제부터는 해외 홍보에 주력해 나갈 계획을 세워 놓고 있다. 전 세계에 퍼져 있는 한인학교에 영화 DVD를 무료로 배포하여 재외동포 2, 3세들의 교육용 자료로 활용토록 하는 한편, 세계 여러 나라의 언어로도 제작하여 외국인들에게 독도가 한국 땅임을 자연스럽게 홍보할 것이다. 더 나아가 편집을 좀 더 보완해서 세계 다큐멘터리 영화제에 출품할 계획도 세워 놓고 있다.

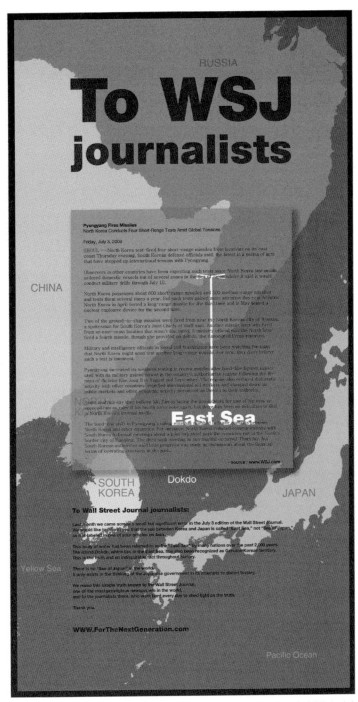

세계 최고의 정론지 중 하나인 월스트리트저널이 마침내 동해 표기 지도를 신문에 게재했다. 지난 2009년 10월 19일자 '서울방문'이라는 제목의 기사형 광고에서 한반도 주변 지도에 '동해(East Sea)'를 '일본해(Sea of Japan)' 보다 먼저 표기했다. 이는 월스트리트저널이 만들어진 이래 처음 있는 일이며 나와 김장훈 씨는 너무나 기뻐 잠을 잘 수가 없었다.

막상 대학에 들어와 보니 내가 생각했던 대학 문화나 분위기와는 너무나 달랐다. 자는 시간 줄여가며 공부했던 재수생에게 대학은 '꿈의 실현'과는 거리가 먼 것처럼 느껴졌다. 공부벌레가 되어 대학생활을 끝내기에는 아쉬움이 있었다. 그렇게 해서 만들게 된 것이 대학연합 문화 창조 동아리 '생존경쟁'이었다. 가까운 친구들과 후배들을 모아놓고 한바탕 연설을 했다. 그리고 슬슬 뭉쳐 보자고 설득을 하기 시작했다.

2장

21세기
돈키호테의
출현

내가 정말 알아야 할 것은
신림동에서 배웠다

★ 나는 1974년, 서울 신림동에서 태어나 지금까지 35년 넘게 살고 있는 토박이다. 위로는 누나가 네 명이나 있는 막내로 태어났다. 아버지는 교편을 잡으시다가 딸 셋이 태어나자 교사 월급으로 아이들을 넉넉하게 키우기 힘들겠다는 생각이 들었다고 한다. 그래서 과감하게 서울로 올라와 신림동에 둥지를 트셨다. 서울 올라온 지 얼마 되지 않아 넷째 누나가 태어났고 얼마 후에 나도 세상의 빛을 보게 됐다.

어렸을 땐 하나밖에 없는 남동생이라고 누나들이 다들 잘 챙겨줬다. 그렇다고 집안 여자들의 치마폭에 싸여 곱게만 자란 것은 아니었다. 누나들은 사내아이답게 밖에 나가 놀라며 내 기를 팍팍 살려 주었다.

또래 친구들과 모여 무슨 일이든 벌일 때는 늘 돈이 들어가기 마련인데, 내게는 누나들이 든든한 스폰서였다.

대학 1학년 때 대학연합 동아리를 만들고 프로젝트를 실행할 때도 누나들과 매형들이 최고의 후원자였다. 그 덕분에 해외 배낭여행을 떠날 수 있었고, 한국 홍보를 한다고 각종 기념품을 구입해 배낭을 채워 가곤 했다.

어린 시절을 더듬어 보면, 집에서 놓아길렀다 할 만큼 동네에서 친구들과 보낸 기억이 대부분이다. 또래 아이들과 어울려 다른 동네 아이들과 싸움도 많이 했고, 한바탕 싸움판을 벌이고 나서는 다 친구가 되어 버렸다.

동네 여러 형들과도 잘 지냈다. 위로 누나만 있다 보니 동네 형들을 친형처럼 따랐고, 형들도 나를 친동생처럼 챙겨주며 관심을 보였다. 허물 없이 지낸 동네 형들 덕분에 성장기의 문화를 또래보다 일찍 접하기도 했다. 남들보다 조숙하다는 소리를 들은 것은 이런 이유 때문일 것이다.

어떻게 보면 내 어린 시절 신림동의 추억들이 지금의 나를 있게 하는 밑거름이 되지 않았나 하는 생각을 종종 한다. 지금의 내 인간관계도 어릴 적 그대로이기 때문이다.

대부분의 또래 친구들은 동네 형들이나 어른들을 어려워하며 피하곤 했는데 나는 그 반대였다. 인사를 잘하는 것은 기본이고, 아무튼 사람들과의 관계를 잘 형성해야 나에게도 도움이 된다는 것을 또래보다 일찍 깨달았던 것 같다.

동네 형들은 여러 가지로 나의 모델이 되어주었다. 대부분 모범생이던 그 형들로부터 많은 것을 보고 배웠다. 그 형들은 지금 카이스트 교수, 변호사, 은행 지점장, 치과의사 등 다양한 직종에 근무하면서 음으로 양으로 나를 많이 도와주고 있다.

"형님들, 우리 신림동 예전 멤버들끼리 모임을 만들어 정기적으로 만난다면 더 좋을 것 같은데 어때요?"

"어, 그래 좋은 생각이야. 네가 한번 조직을 만들어 봐."

그렇게 해서 모임이 만들어졌고 그들은 내가 하는 일에 많은 도움을 주고 있다. 변호사 형은 내가 해외에서 프로젝트를 할 때마다 계약서 작성을 늘 검토해 주곤 한다. 작년 독도 앞바다에 대형 태극기를 띄우는 큰 퍼포먼스를 할 때는 의류 원단 사업을 하는 형이 많이 도와주었고, 절친한 은행 지점장 형은 최초의 독도 관련 다큐멘터리 영화 제작에 후원을 하기도 했다. 이처럼 신림동 형들과 친구들, 그리고 후배들은 내가 이런 일을 할 수 있도록 물심양면으로 도와주는 고마운 분들이다.

어렸을 적 신림동 형들은 나의 우상이었다. 고3 겨울방학, 대학입시에 떨어진 나에게 용기를 주고자 형들이 설악산으로 데리고 갔다. 콘도에서 어찌나 재밌게 놀았던지…….

재수를 통해
인생의 쓴맛을 알다

★ 중고등학교 시절에 나름 '잘 나가는' 학생이었지만 부모님을 최초로 실망시켰던 사건이 있었다. 학력고사 체제의 마지막 시험, 그러나 결과는 불합격이었다. 누나들 역시 많이 안타까워했지만 다음을 모색하자며 다독여 줬다.

"재수는 필수, 삼수는 선택이라고 하잖아. 일 년 더 고생해서 네가 원하는 대학에 꼭 가도록 해."

큰누나의 격려에 둘째누나도 한마디 거들었다.

"너 재수할 땐 친구들이랑 어울려 다니는 건 좀 자제하고 정신 바짝 차려야 돼."

셋째누나도 따뜻한 말 한마디를 보탰다.

"인생에 후회 없도록 용기를 내서 한번 열심히 해봐."

그렇게 해서 재수를 하게 됐고 1년 동안 학원을 드나들었지만, 인생이 그렇게 호락호락하지만은 않았다. 세상을 너무 자신만만하게 봤다가 큰 코 다친 격이었다. 재수도 실패로 끝났다. 20여 년 인생을 큰 어려움 없이 살아온 나로서는 뼈저린 경험이었다.

'내가 처한 위치에서 최선을 다하지 않으면 이런 결과가 오는구나……'

고민 끝에 삼수를 해야겠다고 마음먹고 부모님과 누나들의 눈치를 보고 있는데 부모님이 부르셨다. 잔뜩 주눅이 들어 있던 나는 부모님께 어떻게 이야기를 꺼낼까 입이 떨어지질 않았다.

"너, 앞으로 어떻게 할 생각이냐? 삼수할 생각이냐?"

"네, 아버지… 한 번만 더 기회를 주십시오. 실망시켜드리지 않겠습니다."

어머니가 그 말을 받아 뜻밖의 말씀을 하셨다.

"그러지 말고 작년에 후기에 합격했던 대학에 들어가라."

"네?"

"네가 어떻게 될지 몰라서 등록을 해 뒀다."

전혀 예상치 못한 이야기에 깜짝 놀랐다. 한편으로 콧등이 찡해 왔다. 나를 가장 잘 아시는 분은 부모님이구나. 역시 부모님밖에 없구나…….

하지만 내 자존심은 마냥 추락하는 것 같았다. 그럴 것 같으면 처음부터 재수를 하지 말 것을 하고 후회가 됐지만 이미 지난 일이었다. 솔직히 재수에 실패하고 나서 자신감도 많이 줄어들었다.

삼수해서 대학에 가더라도 1학년 마치면 군대에 가야 하는 시절이었다. 1학년 마치고 군대 갔다 오면 20대 중반이고, 20대 중반이 되어서 다시 대학 3년을 보내고 나면 20대는 어느새 지나가 버릴 것 같은 생각에 마침내 결단을 내렸다.

'일단 대학에 가보자. 가보고 나서 정말 아니다 싶으면 군대 갔다 와서 다시 대학에 들어가도 된다.'

이렇게 해서 나는 94년도에 입학한 새내기가 되어 대학생활을 시작했다. 나는 더욱더 이를 악물고 '대학생활 한번 제대로 해봐야겠다'는 결의를 다졌다.

사실 방황하던 사춘기 고교생에게는 주변의 보고 듣는 모든 것들이 그야말로 '호기심 천국'이었다. 가는 곳마다 유혹의 손길들이 널려 있었다. 그러나 모든 것은 대학 진학이라는 관문 앞에 용납될 수 없었다. 부모님들은 말할 것도 없고 누나들이나 형들도 그 시대 사람들이 생각

내가 대한민국 홍보 활동을 하는 데는 그야말로 가족의 힘이 가장 컸다. 누구보다 이 일을 이해해 주시는 부모님, 물심양면으로 도와주는 매형들과 누나들, 늘 "삼촌, 파이팅!"이라고 외치는 조카들이 있어 너무나 든든하다.

하는 관념의 벽을 넘지 못했다. 모두들 나를 살살 달랬다.

"지금은 술 담배도 하지 말고, 대학 가서 하고 싶은 대로 해라. 놀러가고 싶어도 참고……. 대학 가면 네가 원하는 것은 모두 할 수 있어. 여자친구도 사귈 수 있고."

하고 싶은 것들은 모두 '대학 들어가고 나서'로 미뤄졌다. 고교 3년을 마치고 재수한다고 남들보다 1년을 더 '금욕생활'을 하고 나니 대학생활에 대한 기대감이 하늘을 찔렀다.

대학연합 문화 창조 동아리
'생존경쟁'의 탄생

★ 그런데 막상 대학에 들어와 보니 내가 생각했던 대학 문화나 분위기와는 너무나 달랐다. 자는 시간 줄여가며 공부했던 재수생에게 대학은 '꿈의 실현'과는 거리가 먼 것처럼 느껴졌다.

대학이 진리 탐구와 문화 창조의 선구적 역할을 하는 곳이라면 나는 과연 무엇을 할 수 있을까? 지식욕만 충족시키거나 취업을 위해 학점 따기에만 몰두해야 하는 것인가? 도서관에만 파묻혀 대학시절을 보내기에는 아쉬움이 많았다. 이때부터 나의 고민은 시작됐다.

요즘은 취업난이 심하다 보니 대학에 입학하자마자 바로 취업 준비에 들어간다고 한다. 학점은 기본이요, 토플이다 자격증이다 1학년 때부터 스펙 만들기에 바쁘다고도 한다. 공부 열심히 해서 성적 올리고 연봉 높은 대기업에 취직하는 것. 많은 대학생들이 꿈꾸는 삶일 것이다. 하지만 내 생각은 조금 달랐다. 꽉 짜인 틀에서 벗어나 세상에 내 나름대로의 흔적을 남기고 싶었다.

'이왕 시작한 대학생활이라면 역사에 작은 한 획을 긋는 일이라도 해야 되지 않을까?'

책 속에서 얻는 지식보다는 세상과 소통함으로써 얻는 지식과 경험이 내겐 더 소중했다. 직접 몸으로 부딪혀 얻는 경험은 그 무엇과도 바꿀 수 없다는 것이 내 생각이었다. 나는 젊음 하나만 믿고 도전을 해보기로 작정했다. 때마침 김우중 전 대우그룹 회장의 저서 〈세계는 넓고 할 일은 많다〉가 최고의 베스트셀러로 젊은이들에게 창조와 도전의 가치를 일깨워 주었다.

이러한 모든 것들이 혼자만의 생각과 행동으로는 쉽지 않아 보였다. 그렇게 해서 만들게 된 것이 대학연합 문화 창조 동아리 〈생존경쟁〉이다.

가까운 친구들과 후배들을 모아놓고 나의 이런 취지에 대해 한바탕 연설을 했다. 그리고 슬슬 뭉쳐보자고 설득을 하기 시작했다.

"야, 너희들 대학생활이 재미있냐? 그동안 죽자고 공부만 했는데 뭔가 좀 의미 있는 일을 해봐야 되지 않겠어? 도서관에만 틀어박혀 있다가 졸업하면 후회스러울 것 같지 않아?"

"그 말도 맞긴 한데… 경덕이 너 뭐 좋은 생각 있어?"

"동아리를 하나 만드는 거야. 이름까지 정해 놨어. '생존경쟁', 어때?"

동아리 '생존경쟁'은 그렇게 해서 만들어졌고 1994년 7월, 15명의 회원으로 출발했다. 여러 대학에 다니는 친구들을 끌어 모으다 보니 대학연합 동아리가 되어 버렸다.

"생존경쟁?"

동아리 이름을 알려주면 사람들은 다들 의아해했다.

"대학 동아리 이름이 좀 삭막하지 않느냐."는 반응도 있었고, "누구와 경쟁을 하자는 얘기냐."고 반문하기도 했다.

동아리 이름을 '생존경쟁'이라고 지은 데는 그 당시 사회적 분위기도 한몫했다.

1990년대 초반, '무한경쟁'이라는 화두가 시대적 과제로 등장했다. 정부에서는 '세계화'를 내걸었고, 모든 기업에서는 '글로벌 경쟁'을 앞다투어 준비했던 시절이다.

"무슨 일이든 크게 한번 벌여보자. 우린 아직 학생이니 실패도 두렵지 않다. 아니 오히려 더 많은 것을 배울 수 있을 것이다. 그리고 몇 년 뒤에는 함께 세계로 나가자."

나는 회원들에게 생존경쟁의 향후 나아갈 길에 대해 장황하게 늘어놓았다.

이제 생존경쟁에서 가장 먼저 어떤 일을 벌여볼까 하는 문제가 핵심 이슈였다. 동아리 회원들과 이 문제에 대해 중점적으로 토론을 하면서 많은 고민을 하던 어느 날 TV를 보는데 뉴스에서 '서울시 정도(定都) 6백년 사업' 얘기가 흘러나왔다. 귀를 쫑긋 세우고 뉴스를 시청했다.

대학연합 문화 창조 동아리 '생존경쟁'은 2002년 월드컵 한국 유치를 위해 '대학생 아마추어 축구대회'를 개최했다. 전국에서 많은 팀들이 참여하여 월드컵 붐 조성에 일조할 수 있는 계기가 되었다.

역사적인 프로젝트에
뛰어들다

★ 1994년은 태조 이성계가 한양 천도(遷都)를 하여 지금의 수도가 된 지 6백년이 된 해였다. 서울시는 이를 기념하기 위해 '서울시 정도 6백년 타임캡슐'을 제작한다고 발표했다.

서울시민의 생활과 문물을 후손들에게 전하기 위해 타임캡슐을 땅속에 파묻을 계획인데 그 안에 수장할 품목을 공모한다는 것이었다. 타임 캡슐은 다시 4백년 뒤인 정도 1천년(2394년)이 되는 해에 개봉한다는 커다란 프로젝트였다.

뉴스를 듣는 순간 '바로 이거다!'라는 생각이 번개처럼 스쳐갔다.

'생존경쟁의 첫 프로젝트가 역사적인 것이 될 수도 있겠구나!'

'혹시 4백년 후까지 우리 생존경쟁이 존속할 수 있을까? 그렇다면 우리 후배들이 이 타임캡슐을 열어보고 얼마나 재미있어 할까?'

상상만으로 행복해 하며 프로젝트를 구상하기 시작했다.

타임캡슐에 넣을 것으로는 서울의 주택난을 반영하는 아파트 청약 행렬을 담은 영상물이나 올림픽경기장 축소 모형물, 신용카드, 버스토큰, '황영조 히로시마 영웅 됐다'는 제목의 1994년 10월 10일자 서울신문 같은 것들이 거론되었다.

그러나 그 당시의 시대상을 반영하는 이런 물건들은 4백년 뒤의 후손들에게 군이 남기려 하지 않아도 남게 될 것이다. 나는 뭔가 우리의 후손들과 소통할 수 있는 '상상력'을 타임캡슐 안에 담아보고 싶었다.

우리는 간단한 기획서를 들고 서울시 정도 6백년 사업팀을 찾아갔다. '대학생 연합 문화 창조 동아리 생존경쟁'이라고 설명하니까 담당 공무원이 우리를 이상하게 보는 것 같았다.

"생존경쟁? 이거 데모하는 동아리 아녜요?"

"아닙니다. 저희는 새로운 대학문화를 만들어 나가기 위해 조직한 신생 동아리입니다. 그 첫 번째 프로젝트로 서울시 정도 6백년 사업에 꼭 참여해보고 싶습니다."

아무래도 우리를 믿지 못하는 눈치였다. '대학 1학년생인 너희가 뭘 할 수 있겠냐'는 듯 가볍게 보는 분위기였다. 그러나 우리도 순순히 물러나지는 않았다.

"저희가 뭔가를 만들어 오면 받아주시겠습니까?"

이렇게 자신 있게 말하고 서울시청의 문을 나섰다

생존경쟁이 일을 추진하기 위해서는 회원들의 기본적인 생존(?)이 가장 큰 걸림돌이었다. 먹는 것과 모임 장소를 해결하는 것이 가장 큰 과

'생존경쟁'은 센세이셔널한 포스터를 만드는 데도 일가견이 있었다. 특히 이 포스터를 통해 신입회원을 모집하였는데 그때 당시 경쟁률이 약 50대 1이었다. 요즘은 또 지하철 신문에도 전면광고를 내서 신입회원을 모집하는 유일한 대학 연합 동아리다.

제였다. 대학 내 동아리 같으면 동아리 방이 제공되는데, 먹는 것은 고사하고 모이는 데도 비용이 들었다.

우리는 각자 형편 닿는 대로 아르바이트를 해서 진행비를 모으기로 했다. 때로는 동아리 전체 회원이 나서서 '그룹 아르바이트'도 했다. 하지만 이렇게 해서 모은 돈으로 동아리를 꾸려 나가기란 쉽지 않았다.

보통은 커피숍에서 모임을 갖는데, 오전부터 커피숍에 진을 치고 앉아 한 시간 넘게 회의를 하다보면 주인 눈치가 보이기 마련이다. 그럼 점심 무렵이면 슬슬 배가 고파진다. 열 명이 가진 돈을 다 합쳐도 1, 2만 원이 안 됐다. 일단 배고픔을 달래기 위해 포장마차로 우르르 몰려가서는 "떡볶이 만 원어치만 먹겠습니다." 하고는 엄청 먹어댔다.

2만 원을 미리 내기도 했지만 입이 많다 보니 3 4만 원어치를 먹어치

울 때도 있었다. 눈치를 보면서도 배가 고픈 나머지 계속 먹어댔다. 포
장마차 주인할머니에게는 정말 죄송했다.

할머니는 젊은이들이 허겁지겁 먹는 걸 보고 안쓰러웠는지 늘 따뜻한
오뎅국물을 몇 그릇씩 주고 오히려 체하지 않게 천천히 많이 먹으라고
하셨다. 아직도 그때 생각만 하면 할머니 얼굴이 제일 먼저 떠오른다.

훗날 대학 졸업 후 처음으로 맞이한 추석 무렵, 할머니를 찾아가 감
사인사를 드리며 용돈을 드린 적도 있다. 지금도 동아리 멤버들이 모이
면 그때 그 시절 우리의 배를 채워 주신 떡볶이 할머니 이야기를 하곤
한다. 그 후로도 몇 번 더 찾아가 봤는데 어디로 가셨는지 보이지 않으
셨다. 지금도 그 할머니 생각이 많이 난다.

서울시 정도 6백년 타임캡슐 프로젝트

★ 돈에 쪼들리다 보니 적은 돈으로 회의도 하고 먹는 것도 해결할 수 있는 장소를 새롭게 궁리해냈다. 신림동 뒷골목에 위치한 허름한 여관이었다. 여관에서 모임을 갖게 될 때는 미리 주인아저씨에게 양해를 구했다. 남녀 여러 명이 동시에 여관방에 들어가면 이상하게 생각할 것 같아서였다.

회의는 4~5시간을 넘기는 게 보통이어서 여관이 커피숍보다 돈이 훨씬 적게 들었다. 선술집에 가서 소주를 한 잔 마시며 얘기하려고 해도 열댓 명이 먹고 마시면 만만한 액수가 아니었다. 단골 여관을 정해 놓고는 배고플 때 3천 원짜리 자장면을 시켜 먹곤 했다. 이렇게 하니 경비도 절약되고 마음도 편했다.

저녁때는 보라매공원이나 서울대 잔디밭으로 이동해 가로등 불빛 아래에서 회의를 계속했다. 밤이면 벌레들의 공격을 받아 한여름에도 긴

팔, 긴바지를 입어야 할 때도 있었다. 가뜩이나 더운데 긴 옷을 입고 있으려니 땀이 비 오듯 했다.

이런 우여곡절 끝에 '서울시 정도 6백년 사업'에 우리의 '생존경쟁'이 참여할 수 있는 기회를 만들어냈다.

타임캡슐 사업에 우리가 낸 아이디어는 '4백년 뒤 의·식·주가 어떻게 바뀌는가에 대한 예측'이었다. 다시 말해, '1994년 당시의 대학생들이 4백년 뒤를 어떻게 예측하는가?' 하는 것이다. 보통 사람들은 동시대의 생활상을 반영하는 다양한 물건들을 타임캡슐에 넣어야 한다는 의견이었다.

하지만 우리는 캡슐에 그 시대를 사는 사람들의 '미래관'이나 '상상력'도 포함되어야 더 의미 있을 것이라고 생각했다. 이를 위해 전국 각 대학교 해당 학과의 상상력을 한번 동원해 보기로 했다.

다양한 질문 중 '4백년 뒤의 패션은 어떻게 변할 것이라 생각하는가?'라는 질문은 의류/의상학과 학생들에게 맡기는 것이다. 그들이 4백년 뒤의 미래 패션을 예측해서 스케치해 보내주면 그 중에서 가장 우수한 작품들을 선발해서 정리했다. 또 '400년 뒤 서울의 건축물은 어떻게 변할까?'라는 예측에는 건축학과 학생들의 디자인이 동원됐다. '먹는 것은 어떻게 변할까?'에 대한 상상은 식생활학과, '의료 기술은 어떻게 변하겠는가?'라는 항목에 대해서는 의대생들에게 설문지를 돌렸다.

이 설문조사는 전국 60여개 대학에서 참여해 23,940장의 설문지가 작성되었다. 타임캡슐이 2394년에 열리기 때문에 그 숫자를 맞춘 것이다. 말이 23,940장이지 이걸 만들고 받아내기 위해 우리 회원들은 발이 부르트도록 뛰어다녔다.

3주 후 설문 결과를 보니 재미있는 예측이 많았다. '4백년 뒤 우리나라의 수도는 평양'이 될 것이라는 답이 의외로 많았고, '1994년 당시의 대학생들이 타임캡슐에 가장 넣고 싶은 물품은 '뻬뻬', 대학생들이 가장 많이 하는 아르바이트는 '서빙'이라는 내용도 있었다. 우리가 머리로 짜내고 몸으로 뛰어서 만든 설문지를 서울시에 가져갔더니 담당자들이 깜짝 놀라는 표정들이었다.

"대학 1학년생들이 보수도 없이 이렇게 열심히 할 줄 정말 몰랐는데… 이거 기자들한테 좋은 뉴스감인데?"

그 소리를 듣자 귀가 번쩍 뜨였다. 나는 잽싸게 시청 기자실 안에 배치된 언론사별 보도자료 박스에 우리 자료를 한 부씩 넣고 나왔다. 기사가 나오지 않는다고 해서 아쉬울 것은 없었다.

그런데 다음날 이른 아침부터 우리 집 전화벨이 쉴 새 없이 울렸다. 모 일간지와 스포츠신문에 우리 기사가 큼직하게 나가자 다른 언론사에서 더 자세한 취재를 하고 싶다고 연락을 해 온 것이다. 언론사뿐 아니라 기업체에서도 많은 전화가 걸려왔다.

어떤 기업에서는 "학생들의 아이디어가 무척 좋은데 같이 일을 해보자."며 적극적인 제안을 하기도 했다.

우리는 하루아침에 스타가 된 기분이었다. 아직 어린 우리가 일일이 다 대응하기 힘들 정도였다. 이 일로 우리 집은 처음으로 자동응답기를 달아야 했다.

우리가 제출한 자료는 6백 점의 수장품 중의 하나로 선정되어 타임캡슐 광장에 매설됐다. 타임캡슐 속에는 주요일간지 전 지면과 TV 3사의 1일 프로그램, 김일성 사망소식, 시민들의 애환을 담은 채 철거되는 삼각지 로터리 사진, 94국제바둑기전 소식 등이 망라돼 있었다. 제출자들의 이름도 함께 들어 있으니 4백년 후 우리 후손들이 우리가 만든 자료를 보며 무슨 생각을 할지 내가 마치 타임머신을 타고 미래로 날아가는 듯한 착각에 빠지기도 했다.

서울 1000년 모습 그려두세요

「4백년 후의 예측」대학생에 공모

시, 우수작 타임캡슐에 수장키로

연합동아리 「생존경쟁」

4백년뒤 서울 시민들의 의·식-주는 어떻게 바뀔까. 그 가상도가 상상력 풍부한 대학생들에 의해 구성돼 타임캡슐에 묻힐 전망이다.

서울대 성균관대 이화여대 등 덕성여대 경원대 등 5개대학 연합 이벤트동아리인 「생존경쟁」은 타임캡슐에 넣겠다는 서울시의 내락을 받고 10월1일까지 대학생들을 상대로 4백년후 서울시민들의 생활양식 변화 상상도를 공모한다.

또 정도 1천년이 되는 서기2394년에도 서울이 수도의 위치를 계속 유지할 것인지, 새 수도가 생긴다면 위치와 함께 나름의 도시계획안도 접수한다. 형태는 단순한 보고서 수기 모형 그림 설계도면 등 제한이 없다.

「생존경쟁」의 徐(서)행희장(20·성균관대 조경과1년)은 『정도 6백년 행사에 대학생들의 참여 기회가 적은 것을 안타깝게 여기다 대학생들의 상상력을 타임캡슐에 담을 「4백년 후의 예측」을 기획하게 됐다』고 말했다.

서울시는 『수용가치가 있는 것은 받아들여 타임캡슐에 담겠다』고 밝혔다. 문의 02(878)5905.

〈李健雨기자〉

'생존경쟁'을 만든 후 조선일보에 처음으로 기사가 나갔다. 그 당시 우리가 한 일이 신문에 나왔다는 것 자체가 너무나 신기했고 어리둥절했다. 그 후 많은 언론에서 우리를 기사화해 줘 더 좋은 일들을 만드는 데 큰 힘이 되었다.

세계 최대의 국기, 태극기 휘날리기

★ 대학 1학년이던 1994년은 새로운 대학문화를 만들겠다는 도전의식과 생존경쟁의 '생존'을 위해 정말로 열심히 뛰어다녔던 한 해였다. 1995년 새 출발을 하면서 가슴이 뛰고 더 의욕이 넘쳤다. 작년의 성공적인 프로젝트로 인해 1995년도 새로운 기획에 기업의 후원이 쇄도했기 때문이다. 매스컴의 위력이 이렇게 대단한지 처음 알았다.

서울의 여러 대학에 생존경쟁 제2기 회원을 모집한다는 포스터를 붙였는데 놀라울 정도로 많은 지원서가 날아들었다. 전용 사무실이 없어 지원서는 모두 우리 집으로 배달되었다.

모집인원은 10명이었는데 5백 명 이상이 지원해 경쟁률이 50대 1이나 되었다. 집배원 아저씨가 어머니에게 우편물을 전하면서 "여기 연예인이 이사 왔어요?"라고 물을 정도였다. 그만큼 많은 지원서가 한 묶음씩 매일 도착해 굉장히 기분이 좋았다.

"야, 사람 일이 잘되려니까 이렇게 잘 풀릴 수도 있구나. 기업 여기저기서 후원 연락도 오고 지원자들도 이렇게 몰려오니……. 이제 더 큰일을 벌여 볼까?"

우리의 두 번째 프로젝트는 공익성을 바탕으로 한 큰 이벤트로 가닥을 잡았다. 회원 모두 의욕에 차 있었고 실행 가능성도 200% 이상으로 자신하고 있었다.

"후원을 해줄 테니까 너희들의 아이디어를 실천에 옮겨 봐라. 돈은 걱정하지 마라."라는 제안도 많이 받았다. 한 광고기획사에서는 사무집기가 완비된 사무실을 제공하겠다고 나섰다. 현금으로 지속적인 후원을 해주겠다는 기업도 있었다. 우리는 물 만난 고기처럼 들떠 있었다.

우리의 기획안은 광복 50주년 기념행사를 대학생 축제와 연결시키는 것이었다. 1만 명의 대학생이 참여해 세계 최대 태극기를 만드는 것으로, 한 명 한 명의 손바닥을 도장 찍듯이 찍어서 태극과 건곤감리 4괘를 그린다는 계획이었다.

우리나라를 이끌어갈 대학생들의 창의력과 자긍심을 불러일으키는 최고의 이벤트가 될 것이라는 확신이 들었다. 이 이벤트가 국내뿐 아니라 세계적인 뉴스가 되리라는 기대도 갖고 있었다.

'세계 최대의 국기, 태극기'라는 이 프로젝트의 1차 목표는 당연히 세계 기네스북에 올리는 것이었다. 이렇게 되면 세계적인 통신사 및 언론사를 통해서 우리의 태극기가 알려지게 될 것이고, 한국의 이미지도 부각되는 좋은 찬스가 될 것으로 생각했다. 우리가 내놓은 아이디어였지만 우리 스스로 생각해도 너무 근사했다. 상상만 해도 가슴에서 엔도르

핀이 팍팍 솟아나는 느낌이었다.

'이제는 만사 OK다! 우리 제대로 한번 해보자.'

우리의 두 번째 사업 실행을 위해 제일 먼저 찾아간 곳은 '광복 50주년 기념 사업회'였다. 사무처 직원들은 젊은 대학생들이 대단하다며 대환영이었다. 도울 수 있는 건 다 돕겠다고 했다. 처음부터 일이 술술 풀리는 조짐을 보였다. 다음으로는 태극기 만들 천을 제조하는 방직회사를 찾아갔다. 워낙 규모가 크다보니 천만 하더라도 보통 크기가 아니었기 때문이다.

"이 일은 저희가 돈을 벌고자 하는 것이 절대 아닙니다. 이런 의미 있는 일에 동참해 주시지 않겠습니까?"

우리의 제안에 방직회사 사장님은 프로젝트 내용을 가만히 들여다보다가 입을 열었다.

"좋습니다. 우리가 해줄 수 있는 건 다 후원해 주겠습니다."

당시 기네스북에 올라 있는 최대 크기의 국기는 가로 120미터, 세로 90미터였는데, 우리가 시도하려고 한 것은 가로 150미터, 세로 120미터짜리였다. 이 천은 무게만 해도 약 1톤이 넘었다. 이렇게 해서 여러 곳에서 이야기가 순조롭게 끝나고 협찬 약속도 다 되었다. 이제는 우리가 만들 태극기를 펼쳐 놓을 만한 공간만 찾으면 끝나는 거였다.

실패를 거름 삼아 더 큰 꿈을 키우다

★ 장소 답사를 위해 생존경쟁 멤버들과 서울 여의도 광장으로 찾아갔다. 그때의 여의도 광장은 지금 같은 공원이 아니라 광장으로서의 원형을 유지하고 있었다. 우리는 이제 다 된 거나 다름없다며 반은 사전답사, 반은 야유회 가는 기분으로 여의도 광장에 둘러앉았다. 멤버들 단합 차원에서 캔맥주를 마시며 회의를 시작했다. 그때 한 회원이 광장을 둘러보고는 말했다.

"형! 가로는 몇 킬로미터여도 상관없을 것 같은데 세로 길이가 120미터는 안 될 것 같은데요?"

우리는 바로 실측에 들어갔다. 실측하는 긴 자를 준비하지 못해 걸음걸이로 대강 재봤다. 이게 웬일인가? 정말로 세로 길이가 충분치 않아 보였다. 다 끝난 일인 줄 알았는데 이제부터 시작이었다. 세계 최대의 국기를 펼치기 위해 장소 헌팅을 다시 해야 했다.

우리 회원들은 지도책을 들고 호남평야를 비롯하여 전국에서 넓다고 소문난 들판이란 들판은 다 돌아다녔다. 그렇게 2주 동안이나 전국을 누볐지만 가로 150미터, 세로 120미터짜리 대형 태극기를 펼쳐 놓을 만한 평지가 눈을 씻고 찾아봐도 없었다. 논에 펼칠 수는 있었지만 아직 벼가 막 자라고 있는 때여서 주인 허락을 받을 수가 없었다. 잘못하면 벼가 쓰러질 수도 있는 일이었다.

천을 펼칠 장소가 있어야 태극기를 그리든 말든 할 텐데, 마땅한 장소가 없으니 천조차 갖고 올 수가 없었다. 협찬을 약속받았는데 장소가 없으니 이거야말로 미칠 노릇이었다. 사실 가로 세로 1백 미터가 넘는 대형 태극기를 제작하는 것도 쉬운 일이 아니다. 천을 만드는 방직회사에서도 커다란 천 몇십 장을 이어 붙여서 그만한 크기의 천을 만들게 되는

'생존경쟁'을 만들 당시 나는 대학생 연합 광고 커뮤니티 '애비뉴'에 가입하여 열심히 활동했다. 어떻게 보면 그때 선배님들의 광고 교육이 훗날 뉴욕타임스 및 워싱턴포스트 광고 탄생의 원동력이 되었던 것 같다.

데, 그 일만 해도 1주일이 넘게 걸린다고 했다. 태극기가 너무 크다보니 측량하고 제도하는 일도 정말이지 쉽지 않은 일이었다. 또 페인트가 번지지 않으려면 어느 정도 천의 두께와 무게가 있어야 된다. 얇은 천으론 번지기 때문에 작업이 어려웠다.

준비 단계에서 일이 술술 잘 풀려 '야 이거, 협찬 너무 잘 된다! 이제 세계에 히트칠 일만 남았구나.' 했는데, 웬걸 태극기를 그릴 천조차 펼쳐 보지 못했다. 회원들은 기대가 컸던 만큼 낙담도 컸다. 그제야 나는 일의 경륜이 얼마나 중요한가를 알게 되었다.

'아, 세상일이 그렇게 호락호락한 것이 아니구나. 세계적으로 주목받을 만한 일을 한번 해본다는 게 정말 쉬운 일이 아니네. 젊은 혈기만으로 될 게 아니었구나.'

아이디어도 좋고 의욕도 앞섰지만 실행력에서 허점이 드러나 버렸다. 지금 생각해 보면 이때의 실패가 전화위복이 되지 않았나 싶기도 하다. 이후부터 모든 일을 진행하는 데 좀 더 신중해지는 계기가 됐기 때문이다.

세계 최대 태극기 제작 이벤트는 실패했지만 우리의 도전정신을 인정한다며 여기저기서 같이 일하자는 연락이 왔다. 새로 창간된 무가 잡지 〈네오 룩〉이라는 데서 객원기자로 일해 볼 생각 없느냐고 연락해 오기도 했다. 사회생활에서 경험과 인맥을 중요하게 생각하고 있는 나로서는 좋은 기회라고 생각했다. 실제로 이곳에서 다양한 사람들을 취재하며 많은 것을 배울 수 있었다. 또한 사진작가로서 명성이 있는 김중만 씨와 안성진 씨 등 유명인사들과의 작업이 어린 나에게는 굉장한 자부심으로 느껴졌다.

당시에는 대기업에서 대학생들과 관련된 기업 프로젝트를 많이 펼쳤다. 나는 생존경쟁과 함께 일구어낸 포트폴리오를 바탕으로 참여했다. 특히 가장 기억에 남는 건 삼성그룹과 함께 대학생들을 모집해 선상에서 생활하는 '베세토 어드벤처(BESETO Adventure)'에 참여한 일이다. 중국과 일본의 도시를 배로 탐방한 후 리포트를 발표하는 '신동북아 프로젝트'였다.

이처럼 기업들과 많은 프로젝트를 함께 진행하면서 프로답게 일하는 것이 무엇인지, 진정한 세계화가 어떻게 진행되고 있는지 등을 체험할 수 있었다. 그야말로 학교 수업으로는 배울 수 없는 것들을 몸으로 익히며 가슴속에 큰 꿈을 키워갈 수 있었다.

가로 30m, 세로 20m 대형천에 6천 명의 손도장으로 만든 초대형 태극기를 독도 앞바다에 띄웠다. 울릉도에서 2개월간 제작한 이 초대형 태극기는 영화의 마지막 장면으로 사용되어 가슴 뭉클한 장면을 연출했다.

★ '기업의 협찬은 받되 기업에 예속되어서는 안 된다. 학생 동아리답게 순수하게 가자.'

이것은 동아리 차원에서 기업과의 활동에 참여하면서 지켜온 원칙이다. 물론 모든 프로젝트를 기업과 함께 진행한다면 훨씬 쉬워진다는 것을 모를 리 없다. 우리와 관계를 맺었던 대기업에서 "너희가 한다면 사무실부터 모든 것을 다 대 주겠다."는 제안을 받기도 했다.

자금에 대한 유혹은 쉽게 떨쳐버리기 어려웠다. 하지만 순수한 동아리 활동에 돈이 너무 많이 개입되는 것에는 반대였다. 그렇게 되면 회사와 다를 바 없다는 게 내 생각이었다. 잘못하다간 회원들 간에 불화가 생길지도 모를 일이었다.

"쉽게 갈 수 있는 방법도 있는데 형은 도대체 왜 그래요?"

기업이 제공하는 여러 조건을 검토하던 후배가 불만스러운 투로 말을 던졌다. 나는 그럴 때마다 "기업이 제공하는 사무실로 가면 일은 편하겠지만 그렇게 되면 기업에 예속될 수밖에 없다. 우린 그러지 말자."라며 회원들을 설득했다. 회원들 몇몇은 내 주장을 못마땅하게 생각했다.

"우리가 뭐 부정한 돈을 받는 것도 아닌데, 이렇게 고생을 하면서까지 고집을 세울 필요가 뭐 있어요?"

그러나 나는 의지를 굽히지 않았다. 생존경쟁의 출발 취지부터 언급해가며 또 한 번 열변을 토했다.

"그럴려면 차라리 창업이나 취업 동아리가 낫지. 생존경쟁의 첫 번째 원칙이 '대학생의 순수한 상상력을 바탕으로 대학문화를 활성화시키자.'는 거잖아."

나는 순수성을 잃지 않고 오래 이어지는 동아리를 만들고 싶었다. 비록 현실은 어렵더라도 차가운 머리와 뜨거운 가슴으로 멀리, 그리고 크게 보려면 이 원칙만큼은 지켜나가야겠다는 것이 나의 생각이다. 이것은 지금까지 16년 가까이 지속되고 있는 생존경쟁의 신념이기도 하다.

생존경쟁이 늘 뭔가 판을 벌여 화제를 일으키다 보니 여러 기업으로부터 협찬 제안이 많이 들어왔다. 대학문화를 반영하는 우리의 프로젝트에 기업들이 항상 관심을 보였다.

이따금 기업들로부터 창업 제의가 들어오기도 했다. 창업을 원한다면 비용을 대 주겠다, 너희들이 기획하면 얼마든지 도울 의사가 있다, 요즘 대세가 대학생들의 창업인데 너희는 왜 안하느냐는 등 다양한 제의가 있었다. 하지만 우리의 목적은 그것이 아니었다.

생존경쟁이 기업과 연계한 프로젝트를 많이 하고 사회적으로 화제가 되다 보니, 언젠가부터는 취업 목적으로 신규 회원 모집에 지원하는 사람도 꽤 있었다. 이들은 대부분 생존경쟁에서 활동한 경력이 취업에 도움이 될까 해서 들어왔다가 한두 달 만에 나갔다. 스펙을 쌓기 위해 들어온 경우, 우리 동아리의 첫 번째 원칙과 맞지 않아 오래 버틸 수가 없었기 때문이다.

생존경쟁의 두 번째 원칙은 회원에 관한 것으로, '순수 정예 멤버로만 가자.'는 초기의 원칙을 지금까지 고수하고 있다. 1994년 창립하여 올해로 16년이 되었지만 인원은 크게 늘지 않았다. 현재 회원이 서른 명 정도인데, 이는 재학생과 졸업생을 모두 합친 숫자다.

'생존경쟁'은 2009년 안중근 의사 의거 100주년을 맞아 '대한국인 손도장 프로젝트'를 진행했다. 이렇게 늘 열심히 활동하는 우리 후배들을 보면 너무나 자랑스럽다.

생존경쟁은 재학생이 주로 현장에서 실무를 진행하고 졸업생은 이를 지원하는 형태로 활동을 한다. 경제적인 후원을 하거나 후배들을 교육하는 것도 선배들의 몫이다. 졸업생이라고 활동을 게을리 하거나 명예회원으로 안주하지는 않는다. 그러다 보니 자연스럽게 소수 정예를 고수하게 되었다.

생존경쟁의 세 번째 원칙은 '30주년을 향해 세계 최고의 대학생 동아리로 가자'는 것이다. 지금은 개인이나 국가나 살아남기 위해 치열한 경쟁을 해야 하는 시대다. 하지만 우리가 추구하는 경쟁은 살아남기 위한 경쟁(Competition)이라기보다 전력을 다하는 노력(Struggle) 에 가깝다. 그래서 '생존경쟁'의 영문 표기도 'Struggle for Existence' 이다.

생존경쟁은 철저하게 '대학주의(Universitism)'를 기반으로 하고 있다. 대학생들의 자유롭고 참신한 아이디어를 바탕으로 공익적이고 문화적인 행사를 기획·실행해 새로운 대학문화를 창조한다는 것이 생존경쟁의 모토이다. 그에 따라 지난 15년간 꾸준히 사회·문화적 이슈들을 만들어내면서 많은 기업 및 정부기관, 학계, NGO 등과 연계해 대학생들만이 할 수 있는 프로젝트를 실행해 왔다.

앞으로도 이런 노력들이 계속되어서 대한민국 젊은이들의 기상을 전 세계에 알릴 것이다. 그리하여 생존경쟁이 30주년이 되는 해에는 전 세계 대학생들이 참여하는 글로벌 동아리로 거듭날 수 있을 것이다.

월드컵은 우리 대한민국을 제대로 알릴 수 있는 절호의 기회였다. 전 세계에 대한민국을 알리고 이미지를 업그레이드시키는 데 이보다 더 좋은 기회가 없을 것 같았다. 어떻게든 우리나라가 월드컵 개최지로 선정되게 만들어야 했다. 월드컵 개최지 선정에 영향을 미치는 중요한 요인 중 하나가 '개최지 국민의 열망'인 만큼 월드컵 붐 조성은 무엇보다 중요했다. '그렇다면 우리 대학생들이 월드컵 붐을 일으키기 위해 할 수 있는 게 뭘까' 고민하기 시작했다.

3장

월드컵에
담긴 세상

2002년 월드컵은 한국에서
4004년 월드컵은 일본에서

★ "뭐 좋은 아이디어가 없을까?"

생존경쟁은 1996년을 맞이하면서 최초의 해외 프로젝트를 구상했다. 그해의 국민적 이슈였던 '월드컵 유치' 프로젝트였다. 그해 5월 31일 국제축구연맹(FIFA) 집행위원회의 '2002년 월드컵 개최지' 결정을 앞두고 경쟁국인 한국과 일본의 월드컵 유치 경쟁이 점점 가열되기 시작했다.

월드컵은 우리 대한민국을 전 세계에 제대로 알릴 수 있는 절호의 기회였다. 대학에 들어가 처음 떠난 유럽 배낭여행에서 한국에 대한 외국인들의 인식이 전무하다시피 한 현실을 체감하고 대한민국 제대로 알리기를 사명처럼 가슴에 새기고 있던 터였다.

유럽의 문화와 역사를 경험하러 떠난 길이었지만 일본, 중국과는 달리 그곳에 한국이란 나라는 거의 존재하지 않았다. 한국인 관광객들은 많아도 유명 박물관, 역사유적지 등에 한국어 서비스는 물론 한국어로 된 안내서 역시 찾아보기 힘들었다. 지금의 나를 '한국 홍보 전문가'의 길로 이끈 것도 이때부터 라고 할 수 있다.

두 말할 것도 없이 월드컵 유치야말로 우리나라를 세계에 알릴 수 있는 더없이 좋은 기회였다. 어떻게든 우리나라가 월드컵 개최지로 선정되게 만들고 싶었다.

월드컵 개최지 선정에 영향을 미치는 중요한 요인 중 하나가 '개최지 국민의 열망'인 만큼 월드컵 붐 조성은 무엇보다 중요했다. '그렇다면 우리 대학생들이 월드컵 붐을 일으키기 위해 할 수 있는 게 뭘까?' 고민하기 시작했다.

일단 국민들의 관심이 문제였다. 월드컵을 그냥 '국가 대항 축구대회' 정도로만 알고 있던 사람들도 많았다. 월드컵에 대한 세계인들의

대학생 아마추어 축구대회에서 올스타로 뽑힌 '대학생 올스타팀'과 가수 김흥국 씨가 이끄는 '연예인 올스타팀'이 친선 경기를 펼쳤다. 경기 전 양팀 주장이 선서하는 모습.

열기는 올림픽 이상이라는 사실조차 모르는 사람들도 역시 많았다.

이런 상황에서 해외 프로젝트를 한다는 것 자체가 본말이 전도된 것이었다. 먼저 국내에서 붐을 일으키는 것이 시급했다.

'그렇다면 국내에서부터 뭔가 터뜨려 보자'

일본은 한국보다 2년 이상이나 먼저 월드컵 유치 활동을 시작했고, 기업들은 국제축구연맹이 주최하는 각종 대회의 스폰서로 나섰다. 여러 면에서 일본이 한국보다 유리하게 돌아가고 있었다. 그에 반해 국내에서는 아직도 월드컵 붐이 일어나지 않은 상태였다.

"전국 대학생들이 참여하는 아마추어 축구대회를 열어 대학에서부터 월드컵 붐을 일으켜 보는 것은 어떨까?"

모두들 "그래, 바로 그거다."라며 무릎을 쳤다.

"그러면 어떤 식으로 홍보하는 것이 좋을까?"

홍보는 결국 아이디어 싸움이다. 나는 회원들에게 질문을 던지며 대화를 유도해 나갔다.

"그래, 센세이셔널한 포스터를 제작해 보자. 먼저 고베 지진 현장 사진을 포스터 바탕에 쫙 까는 거야. 그 위에 헤드라인을 대문짝만하게 넣는 거지."

내 입에서 어떤 카피가 나올지 회원들이 모두 내 입만 쳐다봤다. 나는 즉흥적으로 문구 하나를 떠올렸다.

'지진 나는 땅에서 축구하느니 차라리 맨땅에 헤딩하겠다'

회원들이 킥킥거리며 웃음을 터뜨렸다. 지금 생각하면 유치하고 경솔하기 이를 데 없는 표현이었지만 그때는 한일 간의 유치 경쟁이 그만큼 치열했다. 일본에 대한 경쟁심과 아직 성숙하지 못한 젊은이로서의 치기 같은 것도 작용했을 것이다.

우리는 이 포스터를 제작해 전국에 배포했다. 포스터가 붙자마자 난리가 났다. 포스터에 나의 무선호출기(삐삐) 번호와 집 전화번호를 적어 놓았는데 별의별 곳에서 쉴 새 없이 전화벨이 울렸다. 특히 일본 유학생들로부터 항의전화를 많이 받았다.

"남의 나라 지진을 배경으로 장난을 치다니 그럴 수 있느냐."

"너희가 아무리 발버둥 쳐봐야 월드컵은 일본에서 열린다."

일부 비난하는 소리도 있었지만 대부분의 젊은이들은 '재미있다', '통쾌하다'는 반응을 많이 보였다. 지금 생각해 보면, 그런 포스터에 집 전화번호까지 넣어 부모님들까지 전화 공세에 시달리게 해드렸으니 그땐 참 겁도 없었던 것 같다.

이 일을 계기로 다음부터는 포스터를 제작할 때 좀 더 신중하게 만들기로 했다. 1차 포스터가 나가고 여세를 몰아 2차 포스터 제작에 들어갔다. 고민 끝에 새로운 카피가 완성됐다.

'2002년 월드컵은 한국에서, 4004년 월드컵은 일본에서'

포스터를 보는 사람마다 재미있다는 반응을 보였다. 나는 또 어떤 항의를 받을지 조마조마했지만 이번엔 아무 일 없이 그냥 지나갔다.

이 포스터 역시 화제가 되어 소문이 삽시간에 쫙 퍼졌다. 덕분에 우리가 진행하고 있던 전국 대학생 아마추어 축구대회에 자연스럽게 관심이 집중됐다. 그만하면 소기의 성과는 충분히 거둔 셈이다.

전국 대학생 아마추어 축구대회는 16개 대학 축구팀이 출전하여 토너

먼트 방식으로 경기가 치러졌다. 장소는 각 대학의 운동장을 빌리기로 했다. 마지막 날에는 각 팀에서 올스타를 선발해 대학생 올스타팀과 연예인 올스타팀 간의 친선 경기를 갖기로 했다. 연예인 올스타팀의 주장은 가수 김흥국 씨였다.

여대생들의 참여를 유도하기 위해 응원단 콘테스트도 기획했다. 콘테스트는 결승전 하프타임을 이용해서 진행하기로 했다. 특히 본 경기 못지않게 주목을 받은 것은 시범경기로 진행하기로 한 여자축구 경기였다. 우리 회원들은 여자축구단이 있는 두 학교를 찾아가 설득작업에 들어갔다. 그들도 참가에 동의했다. 우리는 신이 났다.

월드컵 분위기 띄우기에 올인하다

★ 행사 진행은 15명의 생존경쟁 멤버가 맡았다. 홍보와 기획은 다 같이 담당했고, 언론사 연락은 실행 1팀과 2팀으로 나누어서 맡았다. 디자인팀도 따로 두는 등 조직적인 체계를 갖추었다. 드디어 D-day 카운트다운에 들어갔다. 그런데 여자축구단 한 팀에서 전화가 왔다.

"저, 우리 팀은 이번 대회에 참가 못하겠어요."

"아니, 이미 판을 다 짜놓았는데 이제 와서 못한다고 하면 어떡합니까?"

"어쩔 수 없는 상황이 벌어졌습니다."

"무슨 일인데요?"

"우리 팀이 해체되기로 결정 났어요."

당장 그 학교 총장님을 찾아가 행사 끝날 때까지만 해체를 연기시켜 달라고 사정을 할까 싶었다. 하지만 여대 축구팀 주장이 '이미 다 끝난

일'이라며 어쩔 수 없다고 했다. 당시만 하더라도 여자축구 경기는 보기 드문 행사여서 많은 사람들의 관심을 불러일으킬 수 있었는데, 무척이나 안타까웠다.

하지만 어쩔 수 없었다. 이제 방향을 바꿔 마지막 하이라이트, 올스타전에 총력을 기울이기로 했다.

이것도 장소 문제로 또 한 차례 소동이 벌어졌다. 세상에 쉽게 되는 일은 없었다. 운동장 사용 허가를 받아 놓은 상태였는데 경기 1주일 전에 취소됐다는 연락이 왔다. 겹치기 예약이 돼 있어 부득이 한 곳을 취소할 수밖에 없다고 했다. 우리는 너무 황당했다. 여자축구 경기가 취소된 데다 설상가상으로 최종 하이라이트마저 펑크 나면 주최 측의 체면이 영 말이 아니다. 그보다 전국 아마추어 대학생 축구대회가 엉망이 되는 것이다.

주변에 아는 사람과 모든 학교를 수소문하면서 백방으로 뛰기 시작했다. 주말, 특히 토요일은 동아리 체육대회나 조기축구회 등으로 모두가 예약이 꽉 차 있었다. 예정일은 하루하루 다가오고 가슴은 바짝바짝 타들어갔다.

마지막으로 숭실대학교를 찾아갔다. 학교에 도착해 그곳 책임자의 방에 들어가니 낯익은 포스터가 눈에 띄었다. 바로 이번 행사를 위해서 생존경쟁이 제작한 포스터였다. 그 포스터 얘기를 꺼내면서 우리 처지를 설명했다. 그분의 얼굴이 환해졌다.

"그럼 그날 있는 다른 행사를 한번 연기시켜 보겠습니다."

"감사합니다. 정말로 감사합니다."

대학생 올스타팀과 연예인 올스타팀이 경기한다는 소식에 숭실대 운동장은 그야말로 축제의 장이었다. 관중들이 스탠드를 가득 메워 우리들조차 어리둥절했지만 많은 사람들에게 멋진 경기를 보여줄 수 있어서 신이 났었다.

우리는 구세주를 만난 양 기뻐했다.

이제 마지막 과제가 남았다. 바로 흥행을 판가름할 수 있는 관객 동원이다. 대미를 장식할 올스타전에 관객이 없다면 체면이 말이 아닐 것이다. 그런 일은 상상하기도 싫었다. 갑자기 장소가 바뀌었으니 이것부터 알려야 했다.

숭실대에서 장소를 제공해준 만큼 주민들이 참여하는 지역축제로 끌고 가는 것이 좋겠다는 생각을 했다. 이때부터 특공대를 연상시킬만한 '포스터 붙이기 대작전'이 벌어졌다.

행사 이틀 전 깜깜한 밤이었다. 낮에 포스터를 붙이면 바로바로 떼어낼 것 같아서 아침 출근길에 잠시나마라도 볼 수 있도록 야밤을 택한 것이다. 우리는 봉고차를 빌려서 9명의 포스터 요원이 한 팀이 되어 작전을 개시했다. 꼭 모 방송사에서 인기를 끌었던 외화 'A-특공대' 같았다.

봉고차를 타고 가다가 포스터를 붙일 만한 곳에서 차가 멈추면 9명이 순식간에 흩어진다. 그렇게 각자 포스터를 붙이고 다시 모이면 다른 장소로 이동하고, 차가 멈추면 또 각자 흩어져서 포스터를 붙이고 돌아왔다. 밤새 흩어졌다 모였다 하다 보니 아침 해가 부옇게 떠오르는 게 보였다.

이렇게 해서 숭실대 주변에 무려 2천여 장의 포스터를 다 붙였다. 다 끝나고 손을 씻으려고 하니 손이 퉁퉁 부어서 아무 감각이 없었다.

이번 행사로 생존경쟁이 더 많이 알려진 것은 물론이다. 특히 전국 대학생 아마추어 축구대회를 통해 월드컵 이슈화에도 어느 정도 역할을 했다는 것에 우리 회원들은 굉장히 만족해했다.

지구촌 최대의 축제 월드컵, 그 절호의 기회를 놓칠 수 없다!

★ 전국 대학생 축구대회가 끝나자 이제는 월드컵 유치 분위기 조성을 위해 해외로 눈을 돌려야겠다고 생각했다. 해외 대학들을 상대로 대한민국이 월드컵을 유치해야 하는 당위성을 설명하는 일부터 하기로 했다. 가장 먼저 착수한 것이 DM발송 작업이었다.

하버드와 예일, 스탠포드 등 미국의 아이비리그 대학, 옥스퍼드나 소르본 같은 유럽의 명문대, 그리고 도쿄대, 와세다대, 게이오대 등 일본 주요 대학에 우리 대학생들의 월드컵 유치 의지를 담아 편지를 보냈다. '한국이 왜 월드컵을 유치해야 하는가'를 논리정연하게 영문으로 작성해 보낸 것이다.

어떤 방법으로든 대한민국의 월드컵 유치에 대한 열망을 해외에 널리 알리고 설득하고 싶었다. 우리 생존경쟁 회원들은 연일 진지한 회의를 했다. 당시는 정몽준 대한축구협회 회장이 유럽, 미주, 아프리카 등 30

어 개국을 돌며 월드컵 유치를 위해 정력적인 활동을 펼치던 때였다.

소르본대학 학생회에서 가장 먼저 답신이 왔다. "대한민국의 월드컵 유치를 기원한다. 우리한테 관심을 가져줘서 고맙다."는 답신이었다. 우리가 하는 일에 반응이 돌아오자 자신감이 생겼다.

이번 일은 처음으로 하는 해외 프로젝트이고, 세계 속에 한국을 알리는 일이므로 단순히 아이디어만 가지고서는 곤란할 것 같았다. 공부가 더 필요하다는 생각이 들었다.

그날부터 나는 지하철을 타든 버스를 타든 시간이 조금만 있어도 월드컵 관련 책, 해외 홍보 관련 책 등을 탐독했다. 내가 태어나서 단기간에 그렇게 열성적으로 책을 많이 읽었던 적은 처음이었다. 약 50여 권의 관련 서적을 단기간에 독파했는데, 책에 깊게 심취되다 보니 중요한 대목은 줄줄 외울 정도가 됐다.

'공부는 역시 자기가 하고 싶고 좋아하는 분야를 해야 돼.'

나는 피식 웃음이 났다.

월드컵을 비롯한 하계올림픽, 동계올림픽, 엑스포 같은 세계적인 이벤트가 국가 이미지에 얼마나 많은 영향을 미치고 얼마나 커다란 경제적 파급효과를 가져오는지도 그 당시에 많이 알게 되었다.

당시 한국은 겨우 IMF를 졸업하고 경제회복에 주력하고 있었다. 전문가들은 월드컵이 한국경제 조기회복에 최대 호재가 될 것이란 분석을 내놓았다. 한 단체가 발표한 자료를 보니 월드컵 개최에 따른 연쇄 파급효과를 계산한 결과, 생산유발액은 총 5조7백억 원에 달해 월드컵 지출액 1조3천6백억 원의 3.7배에 이를 것이라고 전망했다. 그뿐 아니다.

부가가치 유발액은 2조3천억 원, 신규고용효과는 22만 명에 달할 것으로 분석했다.

한국개발연구원(KDI)은 월드컵을 통해 부가가치 창출효과 3조7천억 원, 생산유발효과 8조 원 등 총 11조7천억 원의 경제파급 효과를 거둘 것으로 예상했다. 이는 중형 승용차 70만4천여 대를 파는 것과 같은 규모이며 서울시의 1년 예산과도 맞먹는다. 국내외 투자·연구기관들의 보고에 따르면 월드컵을 개최한 개발도상국들의 주가는 개최 전 6개월 동안 평균 9% 이상 상승한 것으로 나타났다. 실제로 프랑스는 월드컵 개최 후 주가가 2배로 뛰었다고 한다.

대회 기간에 외국인 관광객 40만 명이 입국할 것으로 추산되고, 축구경기 관람객은 연인원 158만 명, 전 세계의 TV 시청 인구는 연인원 420억 명쯤 된다니 월드컵이야말로 지구촌 최대의 축제가 아닐 수 없었다.

월드컵은 무엇보다 세계인들에게 우리나라를 알릴 수 있다는 데 큰 의미가 있었다. 자랑스러운 우리 고유의 문화와 유산을 세계 속에 전파할 수 있는 절호의 기회였다. 또한 장기적인 관점에서 남북통일을 앞당기는 효과도 있을 것이란 생각이 들었다.

개최국 국민에게 경제적 자신감을 심어주는 효과도 상당할 것이다. 우리는 88서울 올림픽을 통해 한국을 세계 속에 알리지 않았는가. 온 국민이 하나가 되어 질서 있게 치른 올림픽을 통해 한 단계 도약의 발판을 만들었다. 이런 빅 이벤트를 개최하는데 내가 빠질 수 없었다. 내가 할 수 있는 일은 바로 '대한민국 홍보'였다.

대학생 시절, 배낭여행을 할 때마다 모자에는 태극기를 붙이고 월드컵 티셔츠 입기는 기본. 거기에 배낭 뒤에는 항상 큰 월드컵 깃발을 두르고 다녔다. 그야말로 걸어 다니는 '월드컵 홍보판'이 되었다.

　홍보의 핵심은 '대한민국 월드컵'의 분위기를 띄우는 일이다. 우리나라가 스포츠를 즐기는 것뿐만 아니라 안심하고 관광하기 좋은 나라임을 국내외에 적극 알려야 했다.

　월드컵 유치위원회 관계자들은 유럽 표의 향방이 중요한 변수라고 생각하고 있었다. 표가 가장 많은데다가 한국에 대한 이미지가 취약한 지역이기 때문이다. 그래서 대한축구협회 및 유치위 관계자들은 유럽축구연맹 쪽에 홍보 활동의 강도를 높이고 있었다.

배낭 하나 짊어지고 FIFA 본부로

★ 1996년 5월 31일, 2002년 월드컵은 한일 공동 개최로 결정이 났다. 일본이 나선다면 나도 가만있을 수는 없었다. 월드컵을 성공적으로 치르기 위해서는 한국을 먼저 알리고 주목받게 만들어야 했다. 전 세계에 대한민국을 알리고 이미지를 업그레이드시키는 데 이보다 더 좋은 기회가 없을 것 같았다.

나는 나름대로의 이론 공부를 마치고 축구의 본고장 유럽으로 건너가 홍보를 할 계획을 세웠다.

여름방학을 맞아 비장한 각오로 배낭을 꾸렸다. 그리고는 친한 형과 함께 축구의 본고장 유럽으로 날아갔다. 대학생들에게 유럽은 머나먼 곳이었다. 그 당시 항공료가 가장 싼 필리핀 에어라인을 이용했는데, 몇 번이나 갈아타야 했다. 마닐라에서 아랍에미리트의 수도인 아부다비를 경유해 독일 프랑크푸르트를 거쳐 제일 처음 런던에 입성했다. 런던에 이어 프랑스, 독일 등을 차례차례로 돌며 약 두 달간 유럽 대부분의 도시를 돌아다녔다. 배낭 하나에 개인 짐과 월드컵 홍보물, 기념품을 함께 챙겨 넣다 보니 배낭 크기도 엄청났다. 기념품은 남대문에서 구입한 태극무늬 부채와 열쇠고리 등이었다.

이번 여행의 목적은 크게 두 가지였다. 첫째는 민간 홍보대사의 역할이다. 먼저 깃발을 준비했다. 월드컵 로고가 찍힌 커다란 깃발로, 지난번 전국 대학생 아마추어 축구대회 때 가수 김흥국 씨가 선물한 것이었다. 가는 곳마다 이걸 들고 다니니 안 쳐다보는 사람이 없었다. 창피한 생각은 전혀 없고 오히려 기분이 좋았다. 그게 뭐냐고 물어보는 사람들도 많았다. 여행객들은 함께 기념사진을 찍자고 줄을 섰다. 그만큼 주목을 많이 받았다.

공원에서 낮잠을 잘 때에도 이 월드컵 깃발을 뒤집어쓰고 잤다. 대한민국 월드컵 티셔츠를 입고 다니면서 선물하기도 했고, 명함을 제작해 1천 장이나 외국인들에게 건네주었다. 명함에는 우리 집 영문 주소가 적혀 있었는데, 선물과 함께 명함을 건네줄 때마다 한마디씩 했다.

"너희들이 한국에 올 때 먹는 것과 잠자는 것은 걱정하지 말아라. 한국에 오면 무료로 재워줄게. 우리 집 빈방 많아."

그때 우리 집은 시집간 누나들이 지내던 방이 비어 있었고, 누나들네 집에도 빈방이 하나씩은 있었다.

한번은 한국 여행자들도 많이 간다는 뮌헨의 브로이하우스에서 맥주를 한 잔 마시고 있는데 아리랑을 연주해주는 게 아닌가? 먼 이국땅에서 우리의 음악을 들으니 기분이 흐뭇해져서 여행의 피로도 잊고 아주 즐거워졌다. 그러자 한 외국인이 우리 깃발을 보고 같이 춤을 추자며 손을 잡아끌었다. 나도 선배 형의 손을 끌었다.

"형, 우리도 한번 놉시다."

"경덕아! 난 막춤밖에 모르는데…."

"막춤이든 개다리춤이든 흥겹게 추기만 하면 되잖아."

맥주도 한 잔 마셨겠다, 얼씨구나 덩실덩실 춤을 추며 깃발을 흔들어 댔다. 그 커다란 맥주집 브로이하우스가 순식간에 축제 분위기가 되어 버렸다. 깃발이라는 게 참 묘한 물건이었다. 나를 갑자기 축제의 주인공으로 만들었고, 사람들의 마음을 정열적으로 만들어서 이렇게 서로 어울리게 해주니 말이다.

프랑스 개선문 광장에서는 깃발을 펴 놓고 잠시 쉬고 있는데 한 여행객이 말을 건네 왔다.

"나도 축구를 정말 좋아하는데 이 월드컵 로고를 본 기억이 난다."

나는 한국 월드컵 개최를 열심히 설명해주며 가져간 부채며 열쇠고리 등을 선물했다. 지켜보던 다른 여행객도 자기도 하나 달라며 손을 내밀었다. 그 여행객은 침을 튀겨가며 프랑스 월드컵 때의 상황을 설명했다. 나는 그에게 부탁을 했다.

"한국이 2002년에 월드컵을 개최하니 열심히 응원해 주세요."

유럽 여러 나라를 다녀 보니 대회를 치러본 국민들이 역시 월드컵에 관심이 많다는 것을 알 수 있었다. 오히려 월드컵에 대한 한국 사람들의 낮은 인식이 고민거리였다. 분위기 조성이 무엇보다 시급했다. 대학생 아마추어 축구대회에 만족할 것이 아니라 더 많은 일을 벌여야겠다는 생각을 했다.

영국에 갔을 때 제임스라는 친구를 알게 됐다. 축구광이기도 한 이 친구와는 지금까지 계속 연락하며 지내고 있다.

그는 훗날 월스트리트저널 유럽판에 '동해' 광고를 낼 때, 영국의 〈더 썬〉지나 〈파이낸셜 타임즈〉에 대한 광고비, 발행 부수 등도 알아봐 주었다. 현지인들과 이렇게 네트워크로 연결되어 있으면 여러 모로 효과적이다. 서로 도움을 주고받을 수 있고, 주변사람들에게 우리의 입장을 이해시키거나 국제 여론을 환기시키는 데도 도움이 되기 때문이다. 나를 통해 독도를 처음 알게 된 제임스는 독도를 한국 땅이라고 여길 것이다. 그리고 어디선가 다시 독도 이야기를 들으면 또 다른 사람에게 자기가 알고 있는 독도 이야기를 들려줄 것이다. 이런 것이 해외 네트워크가 가지는 힘이 아닐까 생각한다.

우리 일행은 FIFA 본부가 있는 스위스 취리히로 이동했다. 우리는 물어 물어서 본부 건물을 찾아갔다. 그러나 문이 닫혀 있었다. 관리인이 나오더니 회의를 개최할 때만 문을 연단다. 그렇다고 그냥 돌아서기에는 너무나 아쉬웠다.

"우리는 한국에서 온 대학생이다. 한국에서 월드컵이 열리는 거 알지 않느냐. 그 홍보 때문에 이 먼 곳까지 왔는데 FIFA 본부를 한번 구경해보고 싶다. 어떻게 가능하겠는가?"

별의별 설득을 다하며 끈질기게 간청을 했더니 관리인이 그제서야 그럼 잠깐만 구경시켜 줄 테니 절대 비밀로 해달라고 얘기했다.

"여기는 민간인이 아무나 들어갈 수 있는 곳이 아니다. 내가 알기론 당신들이 처음이다. 당신들의 월드컵 열정은 정말 대단하다."

　드디어 관리인이 문을 열어주었고, 안으로 들어가 역대 월드컵 우승
컵들과 회의실을 둘러볼 수 있었다. 관리인은 어느 방 앞으로 가더니 미
스터 정의 자리라며 손으로 가리켰다. 그래서 정몽준 FIFA 부회장의 자
리에서 기념사진도 찍었다. 이렇게 FIFA 내부를 다 둘러보니 가슴이 벅
차올랐다. 나오면서 관리인에게 고맙다는 인사와 함께 가져간 월드컵
티셔츠를 선물했다.

유럽 배낭여행 때 함께했던 두 형님과 스위스에 있는 FIFA본부를 찾아갔다. 평상시 일반
인에게는 출입을 제한한다고 했지만 관리인을 겨우 설득해 잠시나마 들어갈 수 있었다.

에펠탑 광장의
게릴라식 광복절 기념행사

★ 유럽 배낭여행은 월드컵 홍보뿐 아니라 8.15 광복절 행사를 유럽 한복판에서 가져 보자는 목적도 있었다. 작년 8.15 광복절 기념일에 세계 최대의 태극기를 만들려다 실패했던 경험을 해외에서 한번 만회해 보자는 생각에서 기획한 것이다. 그렇게 해서 유럽의 이곳저곳을 다니다가 한국 사람을 발견하면 이번 행사에 참여해 달라고 부탁했다.

"8.15 때 파리 에펠탑 광장에서 만납시다. 거기서 우리 모두가 참여하는 대한민국 광복절 행사가 열립니다. 가시다가 다른 관광객이나 배낭 여행자를 만나면 꼭 전해 주십시오."

우리는 한국 관광객들이 다닐 만한 곳은 빠뜨리지 않고 휘젓고 다녔다. 한여름인데다가 홍보한다고 어찌나 많이 걸어 다녔던지 체중도 3kg이나 빠졌다. 이렇게 준비하면서도 약간은 걱정이 되기도 했다.

'이런 갑작스런 입소문만으로 사람들이 모일 수 있을까? 한 명도 안 오면 어떡하지?'

그런데 막상 당일 에펠탑에 가보니 깜짝 놀랄 일이 벌어졌다. 한국 사람들이 서너 명씩 모여들더니 약 250명가량이 모였다. 행사라고 해서 공식적인 식순이 있는 것은 아니었다. 우리는 입을 맞춰 다함께 애국가를 부르고 '대한 독립 만세' 삼창을 외쳤다. 외국에 나와 한 자리에 모인 우리 한국인들은 일심동체가 된 느낌이었다. 누군가가 아리랑을 부르자고 했다. 우리들은 2중, 3중의 원을 그리며 아리랑을 불렀다. 이어 '고향의 봄'까지 부르며 모두들 가슴 벅차했다. 다른 나라에서 온 관광객들은 큰 구경거리라도 만난 양 우르르 몰려와서 사진을 찍어댔다. 한 외국인이 나에게 물었다.

"지금 무슨 행사를 하는 건가요?"

"8.15 광복절을 맞아 한국 사람들이 이렇게 자발적으로 모여 행사를 하는 겁니다."

"한국 사람들 단결력이 정말 대단하군요."

행사가 끝난 다음에는 월드컵 깃발을 앞에 펴놓고 서로서로가 기념촬영을 했다. 그리고 삼삼오오 모여서 맥주파티로 마무리했다.

에펠탑에서의 광복절 기념행사는 너무나 가슴 벅찬 이벤트가 되었다. 내가 초·중·고교 때 늘 오락부장을 하며 행사 사회를 도맡았었지만 이날의 행사만큼 가슴 찌릿했던 적은 없었다. 배낭여행 중이던 대학생들뿐만 아니라 단체관광으로 온 한국 아저씨, 아주머니들까지 합류해서 치른 행사이기에 더욱더 의미가 컸다.

서로의 눈을 마주보며 애국가를 부르던 감동은 지금까지 남아 있다. 중고교 무렵 조회 시간에 부르던 애국가와는 그 느낌이 너무나 달랐다. 말로 형언할 수 없는 일체감이 온몸을 휘감았다. 해외에 나가면 누구나 다 애국자가 된다고 하더니, 정말 그랬다.

그 여운이 오래 갔던지 한국에 들어온 뒤에도 당시 현장에 있던 대학생들로부터 연락이 많이 왔다. 다음 해에도 이런 행사를 열자는 이야기가 오고가기도 했다. 이 깜짝 이벤트는 신문에 소개되기도 했고 하이텔, 유니텔 등 PC통신에서 소문으로 퍼져나갔다.

그해 12월에는 이듬해 8월에 한국홍보 배낭여행을 떠나겠다는 대학생들을 대상으로 2시간가량 강의를 하게 되었다. 연세대 강의실을 빌렸는데 80여 명의 대학생들이 모였다. 두 명으로 시작했던 한국홍보 배낭여행이 80여 명으로 늘었으니 큰 발전이 아닐 수 없었다.

나는 내 경험담을 이야기했다. 그들에게 태극부채와 배지를 사서 건네주고 깃발도 빌려주었다. 그들은 마치 그 깃발을 대장정 기간 동안 행운의 마스코트라도 되는 양 애지중지했다. 행사를 잘 마치고 돌아와서는 그 깃발을 다시 돌려주었다. 이 행사는 내가 PC통신을 이용해 8.15 행사에 참가할 사람을 공개 모집하면서 이루어진 것이다.

2010년 8월 15일은 에펠탑 광장에서 광복절 행사를 시작한 지 15주년이 되는 때이다. 이날을 가칭 '평화의 날'로 제정해 더욱더 알찬 행사를 치를 계획이다. 장기적으로는 이 행사를 한국 배낭여행객들의 가장 큰 축제로 업그레이드시키는 한편, 다른 나라 배낭여행객들도 함께 어울리는 글로벌 평화 이벤트로 자리 잡게 할 계획이다.

유럽 배낭여행 후 나는 무슨 일이든 열정을 다한다면 뜻은 이루어진다는 자신감을 갖게 됐다. 지구촌 시대의 글로벌 마인드를 어떻게 키워나가야 하는지 내 나름대로의 그림이 차츰 그려지기 시작했다. 기업들이 앞 다투어 글로벌 인재 양성을 키워드로 내세울 그 시점에 나는 해외에서 홀로 부딪히며 많은 것을 배웠다. 내 스스로 글로벌 인재가 되어야 할 필요성을 느꼈기 때문이다.

해외에서 진행한 첫 번째 프로젝트인 '8.15 광복절 행사'. 프랑스 파리 에펠탑 광장에서 배낭여행족 200여 명이 모여 애국가와 아리랑 등을 합창하여 화제를 일으켰다. 나는 이 일을 계기로 해외에서도 무언가를 만들어낼 수 있다는 강한 자신감을 얻게 됐다.

월드컵
전용구장의 꿈

★ 월드컵 한일 공동 개최 결정 전후 2년간은 나로서는 한국 월드컵 홍보를 위해 국내외로 동분서주했던 시기였다. 좀 더 공부가 필요했다. 지구촌에서 축구라는 운동은 어떤 의미이며, 축구 선진국에서 축구의 위상, 축구 문화 그리고 그들의 축구전용구장은 어떤 의미를 가지고 있는지 자세히 알아둘 필요가 있었다. 축구를 모르면서 월드컵 운운하는 것은 어불성설이었다. 나는 대학 전공과목보다 더 많은 책을 구해 읽었다.

고대 그리스 시대에 공을 매개로 한 놀이에서 유래한 축구, 달리는 선수의 몸은 가장 정직하고 한 치의 속임수도 없다. 관중들은 선수들의 오차 없는 발길질과 강한 슈팅에 열광한다. 승부의 세계를 떠나 적군과 아군의 시간을 통합하고 즐기는 사람들을 동시대의 문명권으로 흡입시킨다. 이제 축구는 단순한 구기가 아니다. 언어를 초월해 세계인들을 공동체 의식으로 묶어 준다. 문화가 싹트는 가장 리얼한 현장인 것이다.

월드컵은 국가적으로도 의미가 크다. 대외 이미지를 형성하는 데 있어 월드컵의 영향력은 실로 엄청나다. 월드컵을 기회로 국가 이미지를 제고시키려 한다면 우선 필요한 것이 축구 전용구장을 건설하는 일이다. 유럽의 축구 전용구장을 살펴보면 축구 문화의 상대적 우월성을 적나라하게 느낄 수 있다.

'그렇다면 내가 한일 월드컵을 위해 어떤 일을 할 수 있을까.'

나름대로 고민을 해봤다. 고민이라기보다는 즐거운 일거리를 찾아 나섰다는 게 맞을 것이다. 내가 할 일은 축구 전용구장 건설 분위기를 조성하는 것이다.

그런데 1997년에 IMF 사태가 닥쳤다. 이런 상황에서 축구 전용구장을 짓는 건 어렵다는 분위기가 자연스레 형성됐다. 믹고 살기도 힘든 판국에 축구 전용구장을 짓는다고 했다간 욕먹을 게 뻔한 일이었다.

"전용구장은 무슨… 88올림픽 주경기장이나 다른 운동장을 좀 보수해서 이용하면 되지 않겠느냐."

"월드컵 끝나면 써먹을 일도 거의 없을 텐데 돈을 쏟아 부을 필요가 있느냐."

"축구 전용구장을 짓는 것은 혈세 낭비다."

한마디로 축구 전용구장 건설에 대해서는 부정적 분위기였다. 혼자서 속으로 '이건 아닌데' 라는 생각을 했다. 그때 문득 머리에 떠오른 것이 1910년에 지어진 맨체스터 유나이티드의 전용 홈구장인 '올드 트래포드'였다. 이 전용구장 하나에 영국이라는 나라의 뿌리 깊고 다양한 문화가 담겨 있었다. 거기에는 분명 우리에게 없는 부러운 것이 있었다. 그것은 바로 '축구'라는 문화의 전통이었다.

유럽 배낭여행을 하면서 AS로마의 전용경기장도 둘러봤다. 이탈리아는 어떤 식으로 축구 전용구장을 지었는지, 어떻게 활용하고 있는지 직접 눈으로 확인할 수 있었던 좋은 기회였다. 월드컵을 열겠다는 나라가 축구 전용구장도 없는 상황에서 축구 선진국 문화를 모르고 넘어간다면 말도 안 되는 이야기다. 축구 전용구장은 그 나라 국민 모두가 사랑하고 같이 호흡하는 거대한 축구 문화가 있는 곳이다. 관광 코스로서 많은 내외국인들이 찾고 있는 것은 말할 것도 없다.

터키 이스탄불의 명문구단인 갈라타사라이의 전용구장에도 가봤다. 1905년에 창단된 갈라타사라이는 영국의 맨체스터 유나이티드보다 오

터키 이스탄불의 명문구단인 갈라타사라이 홈구장을 찾아갔다. 자국 리그 경기지만 분위기만큼은 그야말로 월드컵 결승전을 방불케 했다. 유럽인의 이런 축구에 대한 열정은 정말 부러웠다.

랜 역사를 자랑한다. 터키도 축구라면 죽고 못 사는 나라다. 갈라타사라
이 전용구장을 찾은 날은 운 좋게도 홈경기가 열렸다. 그 열광의 강도는
장난이 아니었다. 지역 리그인데도 경기장이 꽉꽉 들어찰 정도였다. 축
구에 대한 터키인의 열정은 정말 대단했다.

월드컵 열기에 불을 지피고
군 입대를 결정하다

★ 한국으로 돌아온 후에도 내 귀에는 함성이 이어지는 듯했고 여운이 쉽게 가라앉지 않았다. 내가 월드컵 분위기 조성이라는 일을 한다고 잘못 나섰다가 망신만 당하는 것은 아닌지 걱정이 되기도 했다.

유럽이 이 정도로 열광하는 게 축구인데, 월드컵을 개최한다는 우리나라는 무얼 어떻게 하겠다는 것인지 좀 답답한 심정이었다. 내가 할 일은 말 그대로 불을 지피는 것이다. 그것이 장작불이든 성냥불이든 월드컵 분위기 조성을 위해 열심히 일을 펼쳐나가는 것이다. 이제부터 본격적으로 분위기 조성을 위한 프로젝트를 시작해 보겠다는 생각을 하기에 이르렀다.

우선 전용구장이 왜 필요한지를 대외적으로 알릴 수 있는 홍보에 주력해야겠다고 결심했다. 귀국행 비행기에서 내 머리는 복잡하게 돌아가기 시작했다. 행정관청인 서울시를 움직여야 되고 스폰서 기업을 잡아야 한다. 힘들지만 한번 붙어보자. 나 홀로 몇 번을 다짐했다.

나는 대학을 졸업하던 1998년에 곧장 대학원에 진학했다. 이제 겨우 25살의 풋내기 대학원생이 천억 원이 훨씬 넘게 드는 축구 전용구장을 만들자고 나섰으니 "꿈 깨!"라는 말을 수없이 들어야 했다. 심지어 "너희 아버지가 재벌 회장이냐?"는 말도 들었다.

홀로 행정기관을 찾아가고 협찬 기업을 연결한다는 것은 절대 무리였다. 그래서 또 길거리로 나섰다. 친구와 선배, 후배 몇 명을 모아서 사람이 많이 다니는 신촌, 명동, 강남역 등지로 나갔다. 하루 종일 호객행위 하듯 월드컵 축구 전용구장 건설을 위한 서명운동을 벌였다. 신촌의 모 대학 앞에서는 수위 아저씨한테 몇 번을 쫓겨나기도 했다.

많은 사람들에게 외면당하기도 했지만 끈질기게 한 달간 계속하니 3만 명 정도의 서명 자료가 모였다. 10만 명이 목표여서 아쉽기는 했지만, 유럽의 여러 축구 전용구장의 자료 등을 모아서 서울시청에 찾아가 담당자 앞에 내놓았다.

"당신의 뜻도 이해를 하지만 이게 쉬운 게 아니다. 몇 십억으로 될 문제도 아니고, 여러 가지 상황을 고려해 봐야 하는데 간단한 문제가 아니다. 우리도 전용구장을 새롭게 짓고 싶지만 지금으로선 쉽게 결정할 수 없는 상황이다. 게다가 지금 여론도 안 좋을 때가 아니냐."

담당자에게 떼를 쓴다고 될 일도 아니었다. 여력이 없기는 기업 쪽도 마찬가지였다. 기업이 돈을 댄다고 해도 문제가 다 해결될 상황은 아니었다. 정부와 서울시, 기업, 여론… 이런 모든 요소들의 코드가 서로 잘 맞아야 해결될 문제였다. 이걸 어떻게 연결시킬까 하는 고민도 많이 했다. 생존경쟁 회원들과 머리를 맞대다 보니 재단설립 의견까지 나왔다.

"우리가 월드컵 주경기장 건립기금 마련 범국민모금재단을 한번 만들어보자."

"그렇게 하면 기업에서도 도와줄 수 있을 텐데……."

이것도 쉽지 않은 문제였다. 여러모로 제약이 많았다.

"하, 이거… 정말 잘 해보고 싶었는데……."

고민은 또 다른 고민을 불러올 뿐, 해결되는 일은 아무것도 없었다. 아쉽고 답답한 심정으로 군 입대를 결정했다.

그런데 군대에 가기로 마음을 굳히고 나니까 그때부터 월드컵 축구 전용구장을 짓는다고 여기저기서 여론이 달아오르는 게 아닌가. 국민적 여론도 구장 건설을 찬성하는 쪽으로 기울고 있었고 서울시도 이 일에 바삐 움직이는 분위기였다. 나 역시 여론을 만드는 데 조금이나마 도움이 됐다고 생각하니 뿌듯한 기분이 들었다.

'내가 월드컵을 위해 할 일은 나중에 따로 있을 것이다.'

내심 기분 좋게 군에 입대했다.

군생활에서도 이어진 나의 휴먼 네트워크

★ 대학원 휴학을 하고 군대를 갔으니 동기들에 비해 많이 늦은 편이었다. 1999년 3월 9일, 그때 내 나이 스물여섯이었다. 월드컵 끝나고 석사과정 다 마치고 입대할까 생각도 해봤지만 차라리 2001년도에 제대하면 2002년에 월드컵 오픈까지 1년의 시간이 더 있기에, 이때 내가 할 일이 더 많을 것이라는 생각이 들어 입대를 결정했다. 제대후에 더 멋진 활동을 재개할 것이라는 다짐을 하고 군대에 지원했더니 바로 입영 통지서가 나왔다.

기본 훈련을 마치고 12사단에 자대 배치를 받았다. 백두대간 줄기의 진부령 맨 꼭대기에 있는 부대였다. 스물여섯 늦은 나이에 머리 빡빡 밀고 군에 가니 남들은 내가 입에 단내가 나도록 고생하겠다고 걱정들을 했지만 오히려 그 반대였다.

아무리 힘든 군대생활도 제 하기 나름인 것이다. 나는 군생활과 사회

생활의 차이를 거의 못 느낄 정도였다. 면회 오는 사람들이 워낙 많아 단위 부대에서는 늘 1위였다. 거의 매주 외부인들과 세상 돌아가는 이야기를 나눌 수 있었다. 늦은 나이에 군에 가면 고생한다고 하지만, 내게는 맞지 않는 이야기였다.

친구나 선후배들은 가끔 오는 면회지만 나로서는 주말마다 사람 바꿔가며 면회소를 들락거렸다. 정말이지 사람의 소중함을 다시금 느낄 수 있었던 좋은 계기였다.

면회 오는 이들 중에는 직장 다니며 돈 버는 친구들도 꽤 있었고 선배들은 대부분 승용차가 있어 여행도 할 겸 자주 찾아왔다. 전방 부대 주변에는 여름철 피서지 동해안과 가을에는 단풍놀이하기 좋은 산, 겨울에는 스키장 등 관광 레저시설이 많았다.

어느 주말, 나를 아들처럼 잘 대해주신 행정보좌관이 나를 불렀다. 나는 무슨 일일까 궁금해 하며 행정반에 들어갔다.

"충성! 상병 서경덕…"

말이 끝나기도 전에 행정보좌관이 손짓으로 나를 불렀다.

"야, 내가 군대생활 20년에 너만큼 면회 많이 오는 놈은 처음 봤다."

"죄송합니다."

"야, 임마. 죄송할 건 없고 면회소로 가봐라. 예쁜 아가씨들이 온 모양인데, 그 중 한 명이 애인 아니냐?"

"저는 애인 없는데요. 다 친구들이에요."

"그럼 대학 졸업할 동안 뭐했어. 여자 한 명 없이 군대 왔어?"

행정보좌관이 농담을 하는 것이다.

군대에서도 참 좋은 사람들을 많이 만났다. 아직까지 연락하고 지내는 사람들도 많고 모임도 결성하여 종종 얼굴을 본다. 진부령 꼭대기에서 군 생활을 한지라 제일 먼저 떠오르는 기억은 "아이고~ 추워라!"다.

"친구로선 좋은데 남자로선 제가 별론가봐요. 하하하."

나는 군대에 있으면서도 세상 돌아가는 얘기를 더 많이 듣게 됐다. 군 입대 하기 전에는 월드컵이나 대한민국 홍보가 내 머리를 떠나지 않는 주제였다. 군생활을 하다 보니 군대 내에서 오히려 각양각색의 사람들을 만나 세상이 더 다양하게 느껴졌다. 또한 다양한 직업을 갖고 있는 선후배, 친구들이 면회와서 들려주는 세상 이야기가 너무나 흥미진진했다. 이들과의 대화를 통해 더 많은 아이디어를 얻을 수 있었고, 사람들의 소중함을 느낄 수 있었다.

군복 주머니의 비밀 수첩

★ 군대에서 내 주특기는 원래 운전병이었으나 자대 배치되면서 대대장과의 면담을 통해 보직이 바뀌어 버렸다.

"서 이병은 군대 오기 전에 무슨 일을 했나?"

나는 이력서를 쓰듯 간략하게 설명을 했다.

"어, 그래. 좋은 일들을 많이 하고 왔구만. 그럼 자네는 정훈병이 잘 맞겠네."

그날로 병과가 변경됐다. 내 적성에 맞는 보직이어서 나 역시 신이 났다. 새로 맡게 된 보직은 부대의 각종 행사를 기획하고 홍보하는 일이다. 행사가 있으면 비디오나 카메라로 찍어서 자료로 만든다. 부대에 들어오는 모든 신문들은 내가 다 관리했으며 특히 한 부는 매일 벽보로 붙여서 병사들이 언제나 읽을 수 있도록 했다. 사실 군대생활하면서 매일 신문을 탐독할 수 있다는 것은 엄청난 행운이 아닐 수 없었다. '야~ 이거 하늘이 내려주신 복이구나.' 싶을 정도였다.

벽보로 활용되고 난 신문지는 휴지통으로 들어간다. 하지만 나는 이 것을 버리지 않고 중요한 기사는 일일이 오려서 스크랩을 해두었다. 한 달 두 달, 시간이 지날수록 그 분량이 엄청났다.

식사 시간에 음악을 틀어주는 일도 정훈병 몫이었다. 최신곡일수록 병사들이 좋아해서 나는 최신 음악 정보에도 귀를 열어두고 있었다. 일 요일에는 영화 비디오를 한 편씩 보여주었는데 이것도 최신작 위주로 틀어주다 보니 간부들과 병사들에게 늘 인기가 많았다.

이렇게 즐거운 마음으로 군대생활을 하면서도 한 가지 걱정이 있었 다. 군대에 있다 보니 사회적인 감각이랄까 세상 돌아가는 일에 둔감해 지지 않을까 하는 점이다. 남들보다 조금 늦게 입대했다는 조바심에 잠 시라도 시간을 허비할 수는 없었다. 자투리 시간조차 그냥 보내기 아까 웠다.

사회에 나가서 뒤떨어지지 않기 위해, 그리고 세계에 더 큰 도전장을 내밀기 위해 공부를 게을리 해서는 안 되겠다는 생각이 들었다. 그래서 면회 오는 사람들에게 필요한 책을 좀 갖다 달라고 했다. 그렇다고 업무 시간에 무작정 책을 펼칠 수는 없었다. 보다 효과적으로 책을 읽는 방법 을 연구했다.

책이 오면 제일 먼저 10~20쪽 분량을 뜯어낸다. 이것을 호치키스로 찍어서 허벅지 양옆에 큼지막하게 달려있는 건빵 주머니에 넣고 다니다 가 화장실에서 용변을 볼 때마다 꺼내서 읽는다. 이렇게 읽은 책이 26 개월간의 군생활 동안 약 1백여 권쯤 된다. 졸병 때는 화장실에서 책 읽는 것이 조마조마하고 스릴 있었다. 화장실에 너무 오래 들어앉아 있으면 의심을 받을 수도 있다. 졸병이 너무 안 보이면 군기 빠졌다고 오해받을 수도 있기 때문이다.

요령껏 하다 보니 화장실 독서는 아무도 눈치 채지 못했다. 집중이 잘 되는 장소인 만큼 책 내용도 머릿속에 쏙쏙 들어갔고 지식이 쌓이는 소리가 들리는 것 같아 기분이 좋았다.

책 읽기 외에 또 하나 열의를 보였던 것이 바로 영어 공부였다. 나는 입대 전부터 해외의 여러 도시를 직접 다니며 세계적인 일을 벌이겠다고 늘 다짐했었다. 제대 후에도 이 생각에는 변함이 없어, '대한민국'이라는 타이틀을 가지고 전 세계를 누비며 세계적인 일을 할 것이라고 늘 되뇌었다. 부지런히 공부해서 영어를 마스터해야 하는 것은 당연한 일이었다.

책 10장을 분해한 것은 바지의 건빵 주머니에 넣었지만, 왼쪽 상의 주머니에는 항상 수첩이 하나 들어 있었다. 이 수첩에 영어 문장을 하나씩 빼곡하게 적었다. 이 문장은 휴가 나갈 때마다 책을 보고 옮겨 적어 놓은 것이다.

영어 문장은 무조건 하루에 한 문장씩 시간이 날 때마다 외웠다. 가장 먼저 외웠던 문장은 지금도 기억하고 있다. 'It is too far to walk'라는 이른바 too~to 용법의 예문이다. '너무 ~해서 ~하지 못한다'는 뜻의 이 용법은 처음 군에서 외운 문장이어서 아직도 생생하다. 혼자 담배 피울 때나 잠깐 쉴 때도 늘 그날의 영어 문장을 한 번씩 연상한다. 월요일부터 금요일까지 영어 문장을 외우고 마지막 일요일에는 그 주에 외윘던 영어 문장을 다시금 복습했다.

내 군복 상의 오른쪽 주머니에도 수첩이 하나 들어 있었다. 바로 아이디어 수첩이다. 군대에서 신문 또는 책을 보거나 저녁 뉴스를 보다가 생각나는 아이디어가 있으면 그때그때 수첩에 적어두었다. 다 제대 후를 대비하기 위해서였다.

나는 운동 또한 좋아해서 동료 사병들과 운동도 많이 하고 잘 어울렸다. 내가 나이가 좀 들어서 군대에 갔지만 나이와 상관없이 군대 조직에 잘 적응하다 보니 고참병이나 간부들도 잘 대해 주었다. 좋은 사람들과 군생활을 하다 보니 대인관계로 인한 고민은 전혀 없었다.

군대생활을 통해 얻은 것 중 가장 큰 것은 바로 '체력'이다. 입대 전에는 새벽까지 술 마시는 일이 다반사였고, 아침 기상은 일정한 시간이 없었다. 군대 와서 술 안 마시고 규칙적인 생활을 하니 스스로 느끼기에도 확실히 몸이 좋아졌다.

특히 군대에서 내가 많이 읽었던 책들은 주로 각 분야에서 성공한 사람들의 개인 에세이가 많았는데, 그들의 공통점 중 하나가 '아침형 인간'이었다. 군대에 있으니 자연스럽게 나도 '아침형 인간'으로 바뀔 수 있어서 군대생활이 더욱 좋았다.

내가 잔디옷 남자를 찾아 뉴욕까지 날아간 까닭은 월드컵 홍보를 위한 기막힌 아이
디어가 떠올랐기 때문이었다. 88올림픽 개막식에서 세계인의 이목을 집중시켰던
'굴렁쇠 소년'을 사람들은 지금까지 기억하고 있다. 나는 월드컵 개막식에서 그 이
상의 것을 한번 만들어보고 싶은 열망에 사로잡혔다. 내가 뉴욕의 후미진 뒷골목까
지 돌아다녔던 것도 우리나라 월드컵 개막식에만 있는 무언가를 만들고 싶었기 때
문이다.

4장

내 인생 최대의
홍보 이슈
'대한민국'

★ 즐겁게 군생활을 하는 가운데 고참 병장이 됐다. 그때부터 제대 후의 내 모습에 대해 많은 생각을 했다.

'내가 어느 정도의 인간이고, 어느 정도의 수준인지, 그동안 내가 가졌던 자신감은 실력이 아닌 젊은 혈기였던 것만은 아닌지……'

'제대하면 내 나이 스물여덟. 세계 일주를 한번 해볼까, 아니면 세계의 중심인 뉴욕에 1~2년 살면서 세계의 문화가 어떻게 돌아가는지 한번 살펴볼까?'

'지금까지는 해외에 다니면서 좌충우돌 식으로 일을 꾸몄으니까 이제는 정식 조직을 만들어 체계적으로 한번 일을 벌여 볼까?'

갖가지 생각들이 꼬리를 이었다. 그렇지만 결론은 늘 한 가지였다.

'이제는 정말 유감없이 세계에 나를 한번 던져 보자.'

그러던 중 지금까지의 고민을 단번에 해결하는 일이 터졌다. 제대를

4개월 남겨둔 2001년 1월이었다.

내무반에서 TV를 보고 있는데 한 방송사에서 〈믿거나 말거나(Believe it or not)〉라는 프로그램이 방영되고 있었다. 방송 진행자가 "세상에 이렇게 재밌는 사람도 있다."며 잔디옷을 만드는 사람을 소개하고 있었다. 화면 속에서 잔디옷을 입는 한 남자가 뉴욕 거리를 활보하고 있었다. 앞으로의 내 일에 중요한 무대가 되는 곳이기도 했기에 아주 유심히 지켜봤다. 그 유명한 타임스스퀘어 광장도 나오고 센트럴파크도 보였다. 그 순간 내 머리를 쾅 치는 기분이 들었다.

제대 후 월드컵을 위해 내가 무얼 할까 항상 고민하던 와중에 해답을 얻은 것이다. 나도 모르게 "야~ 이거야, 이거, 바로 이거다!"라고 소리를 질러버렸다. 옆에서 TV를 보던 동료들이 그 소리에 화들짝 놀랐다.

"서 병장님 왜 그러십니까? 뭐 못 볼 거라도 본 겁니까?"

너무나 기쁜 나머지 난 정신을 차릴 수 없었다. 그야말로 세상의 모든 걸 다 얻은 기분이었다.

뉴욕에 가서 잔디옷 만드는 사나이를 찾는 것을 제대 후 첫 프로젝트로 삼았다. 시간이 날 때마다 이 남자를 어떻게 찾나 하고 골몰하기 시작했다.

남들은 제대 말년이 되면 '시간 안 가서 죽겠다'고 난리들인데 나는 정반대였다. 시간이 너무 빨리 흐르는 것이다. 이 남자를 만나 무엇을 할 것이며 어떤 프로젝트를 진행할 것인지 기획을 하느라 정신없이 말년 병장시절을 보냈다. 제대를 얼마 앞두고 방송국에 전화로 문의했다.

"〈믿거나 말거나〉 프로그램 테이프를 구하고 싶은데요? 그런데 혹시 그 프로그램 안에 소개된 사람의 연락처를 구할 수 있을까요?”

“테이프는 얼마든지 구할 수 있는데, 소개된 사람들에 대한 정보는 우리 방송사에서 직접 프로그램을 제작하지 않아 알 수가 없습니다.”

“그럼 그 프로그램은 어디서 제작한 거죠?”

“미국 CBS에서 제작한 프로그램입니다.”

이후 후배들에게 연락해 뉴욕에 관한 책들을 모두 보내 달라고 했다. 혹시 잔디옷 만드는 사나이에 관한 얘기가 나와 있지 않을까 싶었다. 그래도 미국 간판 방송사인 CBS 프로그램에 나온 사람이니까 뉴욕에서 어느 정도 알려진 사람일 수도 있기 때문이다.

잔디와 관련된 업체에 혹시 이 사람을 아는지 편지도 보내봤다. 하지만 전부 모른다는 답만 돌아왔다. 나는 제대할 때까지 4개월 동안 온통 잔디옷 남자 찾는 일에만 매달렸다.

이 ‘월드컵 잔디재킷’ 을 만들기 위해 얼마나 고생을 했던지……. 미국 유명 방송사 프로그램에 소개된 사람이라 굉장히 유명한 사람이라 생각하고 무작정 찾아 나선 뉴욕. 그야말로 ‘막무가내’ 였다.

제대 후 2주 만에
뉴욕 행 비행기에 오르다

★ 2001년 5월 8일 어버이날에 드디어 꿈에 그리던 제대를 했다. 그런데 부모님들은 그닥 반기지 않는 눈치였다. 제대하자마자 비자를 준비해 미국으로 날아갈 궁리부터 하는 아들이 조금은 못마땅했을 것이다. 나는 새로운 여권과 미국 비자를 받자 날아갈듯 들뜬 기분이었다.

"자, 이젠 세계를 향해 멋지게 비상해 보자!"

나는 제대 후 2주 만에 모든 출국 준비를 마치고 뉴욕 행 비행기에 올랐다. 비행기를 타고 뉴욕으로 날아가는 동안 내 머리는 온통 잔디옷 사나이로 가득 차 있었다.

이 사람을 찾지 못하면 이번 프로젝트는 허탕이 된다고 생각하니 피곤해도 잠이 오지 않았다. 케네디 공항에 내려서 한번 큰 심호흡을 한 뒤 마음을 다잡았다.

'그래, 한번 부딪혀 보는 거다. 서경덕 파이팅!'

허겁지겁 달려온 뉴욕 행은 마치 맨땅에 헤딩을 하는 기분이었다. 발 앞에는 뉴욕에서 살아남는 데 필요한 짐들이 가득 놓여 있었다. 뉴욕에서 잔디재킷을 찾는 것은 서울에서 김 서방 찾기나 다름없었다.

내가 잔디옷 남자를 찾아 뉴욕까지 날아간 까닭은 월드컵 홍보를 위한 기막힌 아이디어가 떠올랐기 때문이다. 88올림픽 개막식에서 세계인의 이목을 집중시켰던 '굴렁쇠 소년'을 사람들은 지금까지 기억하고 있다. 나는 월드컵 개막식에서 그 이상의 것을 한번 만들어보고 싶은 열망에 사로잡혔다. 내가 뉴욕의 후미진 뒷골목까지 돌아다녔던 것도 우리나라 월드컵 개막식에만 있는 무언가를 만들고 싶었기 때문이다.

축구라는 전 인류의 스포츠는 그야말로 세계를 하나로 만들 수 있는 위대한 힘이다. 축구를 잘한다고 해서 반드시 강대국은 아니다. 그 축제를 내 집 앞마당으로 끌어들여 세계인의 축제로 잘 만들어내는 나라가 아마 선진국일 것이다. 그렇기 때문에 개최국은 그 나라의 문화를 전 세계에 홍보할 수 있는 최고의 기회를 잡았다고 해도 과언은 아닐 것이다.

잔디옷 사나이에 대해 내가 알고 있는 건 뉴욕에 살고 있으며, 그가 출연한 방송은 CBS에서 제작했고, '짐 풀'인지 '딤 플'인지 하는 이름을 갖고 있다는 정도였다. '풀'과 '플'이란 발음도 'Pool'인지 'Fool'인지 알 길이 없었다. 내가 본 방송은 한국어로 더빙된 것이어서 정확한 스펠링을 알 수 없었다.

제일 먼저 뉴욕의 전화번호부 '옐로 페이지'를 뒤졌다. '짐 풀'인지 '딤 플'인지 하는 이름과 관련된 스펠링을 한번 쫙 뽑아봤다. 그랬더니 진(Gean), 짐(Jim) 그리고 풀(Pool), 플(Fool)등이 나왔다. 사람 이름으로 사용하는 오리지널 스펠링은 'Gene'이라는 것을 그때 알게 됐다. 이번에는 'Gene'을 한번 제대로 찾아보니 몇 만 명이나 되는 것 같았다. 정말이지 난감했다. CBS 방송국에 한번 찾아 가보려고 해도 영어가 아직 서툴러 자신이 없었다. 암담한 기분이었다.

일단 한국에 이메일을 보내기 위해 컴퓨터를 사용할 곳을 찾았다. 사람들에게 물어 줄리아드 음대 기숙사 라운지에 컴퓨터실이 있다는 걸 알게 됐다. 막상 거기에 가보니 한글이 안 깔린 컴퓨터가 대부분이었다. 혹시 근처에 한국 사람이 없나 하고 두리번거렸다. 저쪽에서 한국에서 익숙하게 보아 온 포털 이메일을 쓰고 있는 남학생이 보였다. 반가운 목소리로 말을 걸었다.

"저 혹시 한국 유학생인가요?"

"예, 그런데요. 아저씨는 누구세요?"

아직 앳되어 보이는 그 학생은 아메리카 발레스쿨에 다니는 한국 유학생이었다. 어린 나이에 유학을 와서인지 발음이 아주 유창했다. 그 학생과 음료수를 함께 마시며 여러 가지 이야기를 나눴다.

"너 지금 방학이지? 내가 우리나라 월드컵을 위해 진짜 중요한 일을 하나 해야 되는데 아직 영어가 좀 서투니 통역이 필요할 때는 네가 좀 도와주면 안 될까?"

"우와, 그거 재미있겠는데요?"

역시 궁하면 통하는 법이다. 그렇게 인연을 맺은 우리는 제일 먼저 CBS 방송국을 찾아가 담당자를 만났다. 나는 그 학생의 입을 빌어 자초지종을 설명했다.

세계의 문화 중심인 뉴욕. 이곳은 나에게 새로운 꿈과 희망을 안겨준 도시다. '월드컵 잔디재킷'도 이곳에서 만들었고 뉴욕타임스에 첫 독도 광고도 게재했으며 뉴욕현대미술관(MoMA)에 한국어 서비스도 유치했으니 말이다.

"나는 CBS 〈믿거나 말거나〉 프로그램을 본 후 잔디로 옷을 만드는 사람을 알게 됐다. 그 사람을 꼭 만나기 위해 이렇게 뉴욕으로 날아왔다. 그 사나이의 연락처를 좀 알려 달라."

그런데 그 담당자는 첫 마디에 'No'라며 손사래를 쳤다.

"우리는 그 사람의 프라이버시를 지켜줘야 할 의무가 있다. 연락처를 절대로 알려줄 수 없다."

그는 단호했다.

"그러면 이메일 주소라도 알려 달라."

"그것도 곤란하다. 차라리 당신 이메일 주소를 알려주면 그 사람한테 연락을 해보고 그 사람이 직접 당신에게 메일을 보낼 수 있도록 해주겠다."

나는 잔뜩 기대를 하며 내 메일 주소를 한 자 한 자 정확히 적었다.

뉴욕에서 '김 서방 찾기'

★ 우연히 한국인 중학생을 만나 통역 도움을 받고, 방송국에 가서 사람도 금방 찾고… 일이 수월하게 풀린다고 생각했다. 이제 그 사람으로부터 연락이 올 날만 기다리면 됐다.

그런데 무엇이 잘못된 걸까? 이틀, 사흘이 가도 연락이 없었다. 그렇게 시간은 계속 흘러갔다. 게다가 뉴욕의 물가는 살인적일 만큼 비쌌다. 다시 직접 나서는 수밖에 없었다.

잔디옷 사나이가 방송에 나올 정도면 뉴욕에서 웬만큼 알려졌을 것이다. 가만히 기억을 더듬어 보니 그 사람이 센트럴파크를 배경으로 잔디옷을 입고 나왔던 장면이 생각났다. 바로 그거다 싶어 무작정 그곳으로 달려갔다. 공원 관리사무소에서 열심히 설명을 했다.

"잔디옷을 입고 이 공원에 자주 오는 남자를 아는가? 예전에 잔디옷을 입은 사람이 여기서 이벤트를 한 적이 있다. CBS에도 방영됐다."

"그 이벤트는 따로 허가를 받고 한 것은 아닌 것 같다. 그냥 자기가 입고 지나간 모양인데 우리가 그런 것까지 모두 다 체크하지는 못한다."

잔디옷 사나이가 걸어 다녔던 타임스스퀘어 광장에도 찾아가 봤다. 42번가 주변에 흩어져 있는 세계적인 관광지도 구석구석 뒤지고 다녔다.

타임스스퀘어 광장에서는 이벤트를 하는 사람들이 많았다. 엘비스 프레슬리처럼 분장하고 노래 부르는 사람, 사이버 인간을 연상시키는 은색의 복장을 한 실버맨 등이 관광객들과 함께 사진을 찍어주고 돈도 번다. 그런 사람들이 오히려 잔디옷 사나이를 알 수도 있지 않을까 하고 생각하여 박스 안에 1달러를 넣고 질문을 던졌다.

"사진은 안 찍어도 되니 한 가지만 물어보자. 혹시 이런 사람을 이 주변에서 봤나?"

"전혀 들어본 적도 없고 본적도 없다. 어떻게 옷에서 잔디가 자랄 수 있느냐?"

다른 사람들도 마찬가지였다. 정말이지 쉽지가 않았다.

"이건 말도 안 된다. 당신이 뭘 착각해서 본 모양인데 만약 정말 있다면 나중에 나에게도 한번 소개시켜 달라."

그러는 중에 센트럴파크에서 우연히 만난 사람의 말이, 잡지에서 본 적이 있다고 했다. 하지만 그 잡지가 〈TIME〉인지 〈News Week〉인지 정확히 기억이 안 난다고 했다. 나는 지푸라기라도 잡고 싶은 심정으로 도서관을 찾아갔다. 거기서 두 가지 주간지를 10년 치나 뒤졌다. 도서관에서 꼬박 1주일이 걸렸다. 그러나 또 허탕이었다.

뉴욕을 휘젓고 돌아다닐 때는 늘 지하철을 이용했다. 노선이 복잡하기로 유명한 뉴욕 지하철을 이용해 안 내려 본 역이 거의 없을 정도였다. 어떤 날은 하루에 전 노선을 한 번씩 다 타본 적도 있다. 제대한 지 얼마 되지 않아 뭔가 해봐야겠다는 의욕이 하늘을 찔렀고 버틸 수 있는 체력도 뒷받침돼 하루 종일 돌아다녀도 지치는 줄 몰랐다.

당시 지하철 1회 승차 요금이 1.5달러였는데 나는 60달러짜리 한 달 프리티켓을 끊고 다녔다. 그 티켓으로 아마 600달러어치 이상을 타고 다녔으니, 뉴욕에서 한 달 동안 지하철을 가장 많이 타 본 사람 중의 하나가 아니었나 싶다.

〈믿거나 말거나〉 프로그램을 다시 한 번 보는 것이 좋을 것 같았다. 군 제대 직전에 봤기 때문에 기억이 가물가물했기 때문이다. 한국의 방송국에 연락해서 비디오테이프를 구해 보려고 했지만 정확한 횟수를 알 수 없어 주문이 쉽지 않았다. 할 수 없이 뉴욕에서 알게 된 한 여자 후배에게 부탁했다. 그녀는 유명한 코미디언의 딸이었다.

"사정이 이러저러한데 아버님한테 부탁 좀 해서 〈믿거나 말거나〉 비디오테이프를 구할 수 없을까?"

"알았어요. 오빠가 월드컵을 위해서 좋은 일을 하는데, 내가 아버지께 말씀드려 볼게요."

며칠 후 비디오테이프가 도착했다. 테이프가 도착하던 날, 뉴욕에서 알게 된 몇몇 사람들과 얼싸안고 정말로 좋아했다.

나는 그 사나이가 지나갔던 건물이나 주변 지형을 파악하려고 비디오를 매일 한 번씩 뚫어지게 바라보았다. 뉴욕 시내를 돌아다닌 후 집으로 돌아와서는 비디오테이프를 또다시 재생시켰다. 주변 건물이나 장소를 확인하기 위해서였다. 비디오테이프를 이백 번도 더 틀어 보았다.

잔디옷 사나이는 자신의 승용차에도 잔디를 입혀 다녔다. 승용차에 잔디를 입혀서 돌아다니는 사람을 워싱턴에서 봤다고 누군가가 이야기해 주었다. 워싱턴 근교에 사는데 꽤 유명하다는 것이다. 나는 무작정 워싱턴으로 갔다. 3일 동안 워싱턴 근교를 헤매고 다녔지만 허사였다. 비디오에 나온 장면을 사진으로 찍어서 전단지를 만들어 뿌리기도 했다.

"누가 이 사람을 본 적이 있나요? 본 적이 있으면 제발 연락 좀 부탁합니다."

그러던 중 뉴욕의 한 시민으로부터 전화가 걸려 왔다.

"이 사람 굉장히 유명한 사람입니다. 제가 알기에는 소호에 숍이 있다고 들었는데 한번 가보세요."

"아이고~ 감사합니다. 정말로 감사합니다."

나는 당장 소호 지역으로 내려갔다. 소호에 있는 꽃가게를 다 뒤졌다. 1주일 동안 소호를 이 잡듯이 뒤졌지만 흔적도 발견할 수 없었다. 어느 가게에서 만난 상인은 맥 빠지는 소리를 했다.

"내가 여기서 20년 동안 장사하는 터줏대감인데 그런 사람 한 번도 못 봤다."

나는 마음을 다잡았다.

'여기서 지쳐서는 안 된다.'

나는 또 다시 아트숍을 찾아다니며 물어봤다. 하지만 역시 아는 사람이 아무도 없었다. 어느 날, 길거리의 젊은 화가가 내게 정보를 하나 주었다.

"이 사람, 잔디옷을 입고 맨해튼에 종종 나타난다. 지금 브루클린에 사는 걸로 알고 있다."

"정말인가? 그럼 브루클린 어느 쪽에 사는지는 모르나?"

"그것까지는 정확히 모른다. 미안하다."

"맙소사, 그 넓은 브루클린은 또 언제 다 뒤지나?"

그 젊은 화가의 진지한 눈빛을 믿고 다음날부터 브루클린행 지하철을 탔다. 일단 중심 지역부터 다 찾아다녔다. 아트숍에 전단지를 뿌리며 묻고 또 물었다. 하지만 그를 아는 사람이 거기에도 없었다.

그뿐 아니다. 미국의 잔디 관련 단체와 업체 등을 인터넷에서 찾아내 메일을 보냈다. 내가 조경학과 출신이니 이쪽으로도 알아보지 않을 수 없었다. 하지만 대부분의 답변은 "모른다."였다. 나도 점차 힘이 빠져만 갔다.

그래도 포기란 없었다. 이번에는 한인 교포 중에 발이 넓다는 사람을 수소문해서 몇몇 분들을 만났다.

"이 사람을 찾을 수 있는 방법이 없겠습니까?"

"글쎄, 미국 땅이 한국처럼 좁은 게 아니라서 쉽지는 않을 것 같습니다."

그러던 중 어느 한인이 탐정에게 맡겨 보는 게 어떻겠느냐는 제안을 해주었다.

나와 함께 잔디재킷 사나이를 찾느라 정말로 고생 많았던 후배들이다. 특히 천 혁(사진 맨 왼쪽)은 뉴욕에 거주하는 한인인데 내가 뉴욕에서 일을 할 때마다 제일 먼저 도와주는 고마운 동생이다.

잔디옷 사나이와
만나다

★ 돈도 떨어져가고 뉴욕에 머물 수 있는 시간도 많지 않았다. 그렇다고 빈손으로 돌아갈 수는 없었다. 결국 난 사립탐정을 찾아가기로 했다.

"당신이 가지고 있는 이런 자료라면 찾는 데 별 어려움은 없을 것 같습니다."

"지금까지 정말로 최선을 다했지만 못 찾았습니다. 이제는 선생님만 믿겠습니다."

태어나서 말로만 듣던 사립탐정을 내가 고용하게 될 줄은 정말로 꿈에도 몰랐다. 가지고 온 경비도 거의 바닥이어서 '돈이 많이 들면 어떡하나?' 하는 걱정이 제일 먼저 들었다.

그 한인 탐정은 젊은이가 나라를 위해 정말 좋은 일을 한다며 최소의 비용을 받고 일을 진행해 주겠다고 했다. '사립탐정도 혹시 못 찾으면 어떡하나?' 하는 걱정이 들었다.

사립탐정은 약 1주일 안으로 연락을 준다고 했는데 3일 만에 전화가 왔다. 잔디옷 사나이의 집을 찾았다는 게 아닌가? 이게 꿈인지 생신지 구분이 안 갔다.

더욱 놀라운 것은 우리가 그 집을 지나간 적이 있다는 사실이었다. 그 사나이는 바로 브루클린에 살고 있었다. 기쁨과 허탈감이 동시에 밀려 왔다.

나는 부리나케 그 집으로 찾아갔다. 집안에 아무도 없었다. 옆집 사람 은 그가 집에 들어오는지 안 들어오는지 잘 모르겠다고 했다. 나는 앞 집, 옆집 사람들한테 부탁을 했다.

"그 사람이 집에 들어오는 소리가 들리면 얘기 좀 꼭 전해 주세요. 한국 에서 당신을 만나기 위해 찾아 왔으니깐 나한테 꼭 연락 좀 해 달라고요."

그랬더니 며칠 뒤 정말로 연락이 왔다.

나는 지금까지의 상황을 간략하게 설명해 주었다. 그는 너무나 놀라워 했고, 우리는 바로 만날 약속을 했다. 이틀 뒤 나와 줄리어드 대학원생, 그리고 늘 옆에서 도와줬던 아메리칸 발레스쿨의 혁이 이렇게 셋이 약속 장소로 나갔다. 그들 모두 원어민 수준의 영어를 구사하는 친구들이어서 한결 마음이 놓였다. 만나러 간 우리도 신났지만 잔디옷 사나이는 더 신 나했다. 오랜 지인을 만난 듯 흥분해 있었다. 나는 너스레를 떨었다.

"지금까지 당신을 만나기 위해 고생한 사연이 책 한 권 분량은 된다."

진 풀이라는 그 사나이도 마냥 들떠 있었다. 우리는 죽이 잘 들어맞 았다.

4개월 만에 드디어 찾게 된 진 풀씨. 실제로 본 잔디재킷은 생각보다 가벼웠고 너무나 환상적이었다. 이 재킷을 가지고 전 세계에 한국 월드컵을 홍보한다는 생각에 그날은 잠을 이룰 수가 없었다.

"TV에 잠깐 나온 걸 보고 이렇게 멀리서 찾아온 것도 놀랍지만, 내 작품을 월드컵을 통해서 전 세계에 홍보해 준다고 하니 너무 감사하다."

사나이는 감격스러운 듯 말했다.

"당신이 원하는 건 다 해주겠다."

이 사나이는 한국에 대해 무척 우호적이었다. 태권도를 몇 년간 배우기도 했고 여자친구가 한국 음식을 좋아해서 맨해튼에 있는 한인 타운에도 자주 간다고 했다. 한국에 대해서도 많이 알고 있었다.

나는 잔디옷 사나이를 그렇게 만나고자 했던 이유를 설명했다. 잔디재킷을 만들어 친환경 월드컵 이미지를 전 세계에 알리는 것, 그리고 궁극적으로는 '대한민국'을 홍보하는 것이었다.

대통령에게
잔디재킷을 입혀라

★ 한일 월드컵은 이미 세계적인 뉴스여서 이를 알고 있는 외국인들이 많았다. 그런데 그들 중에는 일본에서 대부분의 경기가 열리고 한국에서는 몇 게임만 하는 걸로 아는 사람들도 적지 않았다. 또한 월드컵 최초의 공동 개최다 보니 두 나라가 서로 비교되는 부분이 매우 많았다.

특히 한국에서 하는 개막식과 일본에서 하는 폐막식은 두 나라가 눈에 보이지 않는 경쟁을 하는 분위기였다. 무엇보다 우리나라 개막식을 전 세계 축구팬들에게 화끈하게 각인시켜 줄 필요가 있었다. 대한민국만이 갖는 차별화된 개막식을 연출하는 것이 중요했다.

잔디옷 입은 남자를 끌어들여 상암구장의 잔디로 재킷을 만들어 입는다면 '친환경 월드컵'이라는 이미지를 전 세계에 부각시킬 수 있을 것같았다. 또한 사람과 그라운드가 하나가 되어 인간과 자연의 조화를 보여줄 수 있을 듯했다.

축구 전용구장 시설에서 가장 중요한 것은 바로 그라운드의 '잔디'다. 초록은 햇빛과 바람과 어울려 '생성'과 '창조'의 역동성을 지니고 있다. 선수들은 그런 잔디에서 승부를 떠나 모두가 하나가 된다. 이러한 월드컵 정신에 조금이나마 부합하고자 '월드컵 잔디재킷'을 만들 계획을 세운 것이다.

문제는 이 잔디재킷을 누가 입느냐는 것이다. 개막식 선언 때는 전 세계의 스포트라이트가 한 사람에게 집중된다. 바로 개최지의 대통령이다. 대통령이 월드컵 개막식을 선언할 때 입었으면 좋겠다는 생각을 했다.

이 잔디재킷은 단순히 풀이 붙어 있는 옷이 아니다. 디자인 효능을 잘 살리면 옷맵시도 살아난다. 진 풀(Jene Pool) 씨를 만나서 직접 만든 잔디재킷을 실제로 보는 순간, 감격에 겨워 눈물이 핑 돌았다. 그간의 고생이 눈 녹듯 사라지는 순간이있다.

진 풀 씨는 당시 43살의 목수였다. 그에게 이걸 왜 만들게 됐냐고 물었다.

"사람들이 먹고 사는 문제에만 매달리느라 환경에 대한 가치를 잘 모른다. 환경의 중요성을 알리기 위해 이 잔디재킷을 만들었고, 차 위에도 얹어 다녔다."

이런 일을 한다고 누가 알아주기를 원했던 것은 아니다. 돈을 벌기 위한 것은 더더욱 아니었다. 단지 환경과 자연의 중요성을 세상에 알리고자 했던 '생활 환경운동가'였다. 성격도 마치 옆집 아저씨같이 푸근해 우린 쉽게 친해질 수 있었다.

나는 귀국하자마자 진 풀 씨가 직접 만든 잔디재킷 사진을 첨부해서 김대중 대통령 앞으로 편지를 보냈다. 발신인은 나와 진 풀, 두 사람이었다. 며칠 후 청와대 비서관으로부터 연락이 왔다.

"고생 많이 하셨군요. 검토 후 조만간 연락드리겠습니다."

이 말을 듣고 나니 금방이라도 희소식이 날아들 것 같았다. 그동안의 고생이 눈 녹듯 사라지면서 새로운 기대에 부풀었다.

그로부터 며칠 후 다시 연락이 왔다. 잔뜩 기대를 하고 귀를 기울였다.

"어떡하죠? 대통령께서 입기가 힘들 것 같습니다."

한껏 기대에 부풀어 있었는데 실망이 이만저만이 아니었다. 하지만

김대중 대통령이 '월드컵 잔디재킷'을 입기 힘들 것 같다는 연락을 받고 많이 아쉬웠다. 하지만 세계 최초로 제작된 월드컵 잔디재킷이기에 국내외 언론에 많이 소개되어 한국 월드컵 홍보에 조금이나마 도움이 됐다는 생각에 흐뭇했다.

어쩔 수 없는 일이었다. 다른 방법을 찾아봐야 했다.

그럼 히딩크 감독에게 입혀 볼까? 아니면 정몽준 부회장은?"

뾰족한 수가 떠오르지 않았다. 어쩔 수 없이 지금까지 노력한 것으로 만족해야겠다고 생각했다.

월드컵을 위해
뛰는 사람

★ 이 잔디재킷 때문에 나는 또 한 번 유명세를 탔다. 잔디재킷이 언론에 화제가 된 것이다. TV에서는 〈리얼 코리아〉와 〈월드컵을 위해 뛰는 사람〉에도 소개되었다.

방송이 나가고 나자 이번에는 기업으로부터 연락이 왔다.

"기존에 썼던 비용들 다 줄 테니 우리에게 잔디옷 판권을 넘길 수 없겠습니까?"

과천에서 화훼 비닐하우스를 한다는 사람은 대량생산해서 팔아보자는 제의를 하기도 했다.

"굳이 진 풀인가 뭔가 하는 사람이 만들어야 하는 이유라도 있나요? 판권을 넘겨주면 내가 만들 수 있습니다."

나는 상황을 설명해 줬다.

"우리나라에서 잔디재킷을 만드는 것은 좋습니다. 하지만 상업적으로 이용한다면 지금까지 제가 했던 모든 일들이 의미가 없어지지 않겠습니까? 전 돈을 벌려고 했던 건 아닙니다. 월드컵을 알릴 목적으로 대통령께서 입어주길 바라고 했을 뿐입니다."

그 후에도 여러 차례 연락이 왔지만 그때마다 나는 잔디재킷으로 돈을 벌 생각은 추호도 없다는 것을 정확하게 밝혔다.

진 풀 씨에게도 이 점을 늘 강조했고 그도 나의 의견에 동감이었다. 잔디재킷은 월드컵 정신에 맞는 곳에만 활용하기로 했다.

물론 월드컵을 통해서 잔디재킷을 판매한다면 장사는 아주 잘 될 것이다. 이 잔디재킷의 수명은 월드컵 개최 기간과 비슷한 한 달이다. 입어보면 의외로 무겁지 않고 착용감도 좋으며, 재킷에 물만 주면 잔디가 잘 자란다.

뉴욕에 있을 때의 일이다. 진 풀 씨를 찾아다니다가 지쳐서 내가 직접 만들어 볼까 하는 생각을 해본 일도 있다. 비디오테이프를 보면서 "나라고 안 되겠어? 한번 해보지 뭐." 하면서 직접 시도해 봤다.

비디오테이프에 나온 대로 재킷과 본드를 사서 씨앗을 뿌리고 물도 줘보았는데 싹이 틀 기미가 보이지 않았다. 세상에 존재하는 거의 모든 접착제를 구입해서 씨앗과 함께 다 붙여 봤지만 역시 자라지 않았다.

나중에 진 풀 씨를 만났을 때, 나는 그 방법에 대해서 묻지 않았다. 그것은 진 풀 씨만의 노하우이기에 존중하고 싶었기 때문이다.

그 무렵 해외 언론에서도 인터뷰 요청이 많이 들어왔다. 나는 최초의 '월드컵 잔디재킷'이 알려져서 대외적으로 한일 월드컵 홍보에 일조한 것에 만족했다. 한국의 한 젊은이가 월드컵을 위해서 뛴다는 것을 보여준 것 자체가 중요했다. 월드컵 전용구장 잔디로 재킷을 만들려고 했던 과정들이 소개되면서 친환경 월드컵의 중요성을 사람들에게 알린 것도 큰 수확이었다.

지금도 진 풀 씨와는 종종 연락을 한다. 당시 우리는 또 한 번 약속을 했다. 전 세계에 환경의 중요성을 알리는 데 잔디재킷을 꼭 한 번 활용해 보자고. 이것은 아직까지 진행형이며 끝난 게 아니다.

아무튼 '뉴욕에서 진 풀 씨 찾기' 프로젝트는 내게 그 무엇과도 바꿀 수 없는 자신감이라는 큰 수확을 안겨주었다. 열정과 추진력만 있다면 세계 어디에 가서 무슨 일인들 못하겠느냐는 자신감이다.

여기에 생각이 미치자 뉴욕에서 또 다른 뭔가를 해보고 싶다는 희망이 부풀어 올랐다.

비록 내가 의도했던 성과(대통령께 잔디옷을 입히자는 것)는 거두지 못했지만, 나의 잔디재킷 이야기가 월드컵 관련 기사로 소개가 되면서 월드컵 관련 홍보 활동과 관광 활성화에 대해 많은 것을 생각하는 계기가 됐다.

월드컵을 한 달여 앞두고 한국인들의 관심은 16강 진출과 월드컵 특수에 쏠렸다. 숙박업이나 요식업 등 관광 분야에서는 특수가 예상되었지만 전반적으로 낙관론만 있는 것은 아니었다.

우리가 주최국으로서 16강에 진출하는 것도 중요하지만 월드컵 특수 역시 국가적으로는 그에 못지않게 중요했다. 우리가 16강에는 못 올라간다 하더라도 월드컵을 이용한 국가 이미지 창출 효과는 최대한 거두어야 한다는 것이 내 생각이었다. 한 달이라는 월드컵 기간도 중요하지만 그 후를 고려해서 대한민국 홍보 기획을 세심하게 세워야 했다. 대학생 시절부터 한국 홍보에 주력해온 내 입장에서 이 부분은 중요한 의미를 갖고 있었다.

한동안 연락이 안 됐던 진 풀 씨가 페이스북을 통해 다시금 연락을 해 왔다. 뉴욕을 떠나 다른 곳으로 이사를 가서 정신이 좀 없었단다. 월드컵의 아쉬움을 뒤로하고 우린 잔디재킷을 활용하여 또 다른 환경 캠페인을 펼쳐보자고 약속했다.

한일 월드컵 기념 홈스테이 프로젝트

★ 2002년 월드컵은 한일 동시 개최인 만큼 월드컵 성적뿐 아니라 시민의식, 응원문화 등에서 눈에 드러나지 않는 경쟁이 아주 치열했다.

한국과 일본의 관계를 이야기할 때면 늘 '가깝고도 먼 나라'라는 표현이 따라다닌다. 외교 문제는 물론이고 스포츠, 문화에 있어서도 미묘한 감정 대립이 나타난다. WBC나 월드컵, 그 밖의 스포츠 경기에서 양국의 선수들이 맞붙게 되면 '일본한테는 절대 지면 안 된다'는 것이 일본에 대한 우리의 일반적인 정서다.

월드컵이라는 세계적인 축제를 계기로 이런 양국 간의 관계를 새롭게 정립할 수 있는 무언가를 하나 만들고 싶었다. 양국 젊은이들이 협력과 교류를 통해 새로운 문화를 만들어 나갈 수 있을 것이란 생각이 들었기 때문이다. 협력과 교류 차원에서는 문화적 접근이 좋겠다는 판단이 섰다.

당시 한 달간 무비자로 한국과 일본을 자유롭게 왕래할 수 있는 제도가 생겼다. 여기에 착안해서 양국을 오가는 대학생 여행객들을 위한 문화교류 프로젝트를 구상했다.

구체적인 방법으로, 이 기회에 홈스테이를 조금 특별하게 운영해 보자는 아이디어가 나왔다. 홈스테이를 통해 단순히 숙식만 해결하는 것이 아니라 문화교류 차원으로 발전시킨다는 것이다. '한일 월드컵 동시 개최 기념 문화교류 홈스테이'였다.

먼저 인터넷 사이트를 개설해서 양국 대학생들이 온라인을 통해 자신의 관심 분야에 신청을 한다. 그렇게 해서 한일 양국의 관련 학과 학생끼리, 또는 같은 관심사를 갖고 있는 학생들끼리 연결을 해준다. 공통 관심사를 갖고 있는 학생들끼리 엮어 주면 대화의 소재가 많아 빨리 가까워질 수 있고 보다 깊이 있는 대화를 나눌 수 있을 것이라 생각했다. 일대일로 연결된 양국의 젊은이들은 서로 파트너가 되어 모든 일정을 함께하면서 각종 문화 체험을 한다. 월드컵 기간 동안 공동 응원전을 펼치거나 다양한 문화 이벤트를 벌일 수도 있다.

이 일을 실행하기 위해 한국 및 일본의 여러 대학에 편지를 보냈다. 먼저 우리의 취지를 설명하고, '귀교에서도 교내에 이 내용을 홍보해주면 좋겠다.'는 내용을 함께 적어 포스터와 함께 발송했다. 각 대학의 주소와 팩스번호를 찾는 일도 쉬운 일은 아니었다.

이제 홈페이지 오픈하는 일만 남았다. 그런데 웬걸, 또 한 번 난관에 부딪쳤다.

이 프로젝트 협찬을 위해 여러 기업을 뛰어다녔다. 기업들마다 협찬하겠다며 승낙했다. 그런데 예상치 못한 곳에서 문제가 생겼다. 월드컵 공식 스폰서만이 월드컵에 관련된 로고나 기타 여러 가지 저작물을 사용할 수 있다는 국제축구연맹의 법적 장치 때문이었다. 월드컵 개막이 가까워질수록 단속이 심해졌다. 협찬해 주겠다던 기업에서 취소하는 사태가 벌어졌다.

협찬에 어려움이 없다는 판단 아래 친구, 선후배들을 설득해 돈을 모아 준비 작업에 들어갔는데, 일이 이렇게 되고 보니 그동안 들어간 비용이 고스란히 공중으로 날아가 버렸다. 준비 작업에 들어간 비용이 1천만 원 정도 됐다.

그동안 우리의 경험으로 보나 월드컵이라는 특수를 고려해 보거나 했을 때 안 될 것이라는 생각은 하지 않았다. 일이 이렇게 되고 보니 가장 당혹스러웠던 사람은 바로 나였다.

일본 히로시마 대학을 선두로 여러 대학에서 연락이 오기 시작했다. 우리는 긴급 비상대책회의를 열었다. 결국 월드컵 시작 직전인 2002년 5월 말에 이 사업을 접기로 했다.

"지금까지 적지 않은 돈이 들어갔다. 앞으로 들어갈 돈도 상당할 것이다. 자금도 없는 상태에서 억지로 진행시켰다가 국제적인 망신을 당할 수도 있다."

신문과 방송에 여러 차례 홍보가 됐던 일이기도 해서 아쉬움이 컸다. 자원봉사를 하겠다는 사람들도 대기 중이었다. 이 프로젝트에 참여하기로 했던 여러 후배들은 또 다른 자원봉사를 하기 위해 흩어졌다.

나의 일본인 친구 중 가장 친한 아키라(사진 맨 오른쪽)와 함께 도쿄에서 한 컷. 우리는 축구를 통해 친해졌다. 또한 일본의 월드컵 현황을 알아보는 데에도 많은 도움을 준 고마운 친구다.

제대로 시행도 해보지 못하고 끝난 일이지만 나는 나름대로 이 프로젝트에 의미를 부여했다. '혼자만 즐기고 마는 월드컵이 아니라 주변의 여러 사람들을 월드컵에 참여시키려는 시도를 했다'는 점이 그나마 우리에게 위안을 줬다.

월드컵이라는 국제적인 행사에서는 국가가 수행하는 역할도 중요하지만 대중의 움직임들이 얼마나 큰 도움이 되고 위력을 발휘하는지 모른다. 대중의 움직임을 이끌어 내기 위해 우리가 시도하려 했던 것이 젊은이들의 문화교류 홈스테이었다.

월드컵이 우리에게 남긴 것

★ 월드컵이라는 국제적인 행사에서는 국가가 수행하는 역할도 중요하지만 대중의 움직임을 생생히 보여주고 전달하는 미디어의 역할 또한 무시할 수 없다. 미디어를 통해 대규모 국제 스포츠 행사가 전 세계에 생중계됨으로써 안방에 앉아서도 경기장에 있는 것처럼 생생하게 경험할 수 있기 때문이다. 그런 점에서 대규모 국제 스포츠 행사는 미디어를 발전시키고, 나아가 개최국의 발전을 앞당긴다는 것이 정설이다.

어느 스포츠 마케팅 전문가가 했던 말이 기억난다.

"우리가 64년 도쿄올림픽보다 한참 늦게 88올림픽을 치를 수 있었던 게 다행이다. 64년 도쿄올림픽 때는 라디오 매체로 청취했지만, 88올림픽 때는 컬러TV로 전 세계에서 생방송으로 시청할 수 있었다. 컬러TV가 우리의 발전을 가속화시킨 것은 부인할 수 없다. 이번 월드컵 역시 마찬가지로 한국의 발전 속도를 더욱 빠르게 할 것이다."

올림픽이든 월드컵이든 경기 자체도 중요하지만 경기 외적인 다양한 요소들이 결합할 때 시너지 효과가 나타난다. 한일 양국 젊은이들의 문화교류를 통한 붐업 효과를 기대했던 나는 다른 방향에서 월드컵의 시너지 효과를 연구했다.

그렇다면 일본은 어떨까 궁금했다. 그들은 월드컵 같은 대규모 국제행사를 어떻게 준비하고 어떻게 확산시켜 나가고 있을까? 직접 가서 눈으로 확인해 보고 싶어 도쿄로 날아갔다. 월드컵 기간에 1주일, 월드컵 이후 1주일을 머물렀다. 일본에서 하는 결승전도 꼭 볼 필요가 있었다.

일본에 대해서는 주로 월드컵으로 인한 직접적인 경제 효과와 문화관광 측면에서 살펴봤다. 책이나 매스컴에 나온 자료, 방송에 소개된 일본의 월드컵 특집방송 등을 보고 나름대로 공부를 했다.

놀라웠던 건 도쿄 시내를 활보하는 해외 관광객들의 숫자가 우리보다 훨씬 많다는 점이었다. 월드컵 기간에 우리나라에도 많은 외국인이 방문했지만 도쿄와 비교 대상이 못됐다. 서울시청 앞 광장의 붉은악마가 외국 언론에 널리 알려지면서 외국인들이 늘어나긴 했지만 도쿄에는 훨씬 못 미쳤다. 한국과 일본이 공동 개최하는 월드컵인데 양국의 관광객 수가 이렇게 차이가 날 수 있을까?

2002년은 월드컵 및 부산 아시안게임 개최로 인해 534만여 명이 입국했으나 출국자는 700만 명이 넘는 것으로 나타났다. 만성적인 관광수지 적자는 여전했다. 외국인들이 한국에 여행 와서 쓰고 가는 돈이 우리나라 사람들이 외국에 나가서 쓰고 오는 돈보다 눈에 띄게 적다는 이야기다.

욘사마 배용준을 탄생시킨 〈겨울연가〉의 한류 열풍도 2002년 월드컵 때문이라는 얘기를 일본인으로부터 들은 적이 있다. 그 이전 2000년에 일본에서 상영된 영화 〈쉬리〉가 1백만 명이 넘는 관객을 동원하면서 한일 양국이 모두 놀랐던 적이 있지만 본격 한류는 월드컵 이후라고 볼 수 있다.

2002년 월드컵은 일본사람들에게도 커다란 충격을 안겨 주었다. 아시아를 넘어 세계의 일류국가를 향해 가고 있던 일본인들에게 2002년 월드컵에서 보여준 우리 국민의 성숙된 시민의식과 한국 팀의 월드컵 4강 진출, 세계를 놀라게 한 붉은 악마의 응원 모습은 엄청난 충격이었다. 이를 계기로 한국인에 대한 인식이 바뀌었고, 한국문화에 대해 이해하려는 움직임도 구체화되었다.

특히 〈겨울연가〉가 방송 된 이후 〈천국의 계단〉, 〈가을동화〉, 〈대장금〉 등의 드라마가 계속해서 일본에서 전파를 탔고, 일본뿐만 아니라 대만, 중국, 동남아, 중동, 아프리카 등지에서 한국 드라마 붐이 일었다. 드라마를 시작으로 한류 마케팅이 본격화하면서 한국 방문객 수가 크게 증가했다. 결과적으로 2002 월드컵이 한류 붐을 일으킨 기폭제가 되었음은 부인할 수 없는 사실이었다.

월드컵 기간 중에 일본을 방문했던 것은 저들의 대회 준비 상황을 확인해 보고자 하는 목적 외에 한일 양국의 월드컵 열기를 비교해 보려는 목적도 있었다.

일본에 가서 도쿄, 오사카 등 월드컵 경기장은 다 찾아다녔다. 특히 결승전을 보러 요코하마에 도착했을 때는 분위기에 미리부터 압도될 정도였다. 우리가 치렀던 개막전도 성공적이었지만 일본에서 직접 느낀 결승전의 열기는 정말 대단했다.

어떤 대회든 개막전에 열기가 서서히 달아올랐다가 결승으로 가면서 뜨거워지고 결승전에서 최고의 하이라이트를 이루는 것이 일반적이다. 이런 생각을 하니 결승전을 우리 한국에서 치러냈으면 어땠을까 하는 아쉬움이 남았다. 일본은 비록 16강에서 떨어졌지만 월드컵 열기는 전혀 누구러 들지 않았고 전 세계 언론사들의 취재 경쟁도 전쟁을 방불케 했다.

우리나라와 터키가 3, 4위전 경기를 할 때 나는 신주쿠 한인타운에 있었다. 한인타운의 거리를 막고 주차장 공간에 대형 스크린을 설치해 한국인들과 일본인들이 함께 관람을 했다. 일본사람들은 같은 아시아인으로서 한국 팀을 응원했다. 붉은악마 옷을 입고 나온 일본인들도 "대~한민국" 박수를 치며 경기를 즐기는 모습이었다.

월드컵은 내게 국가 홍보의 사명을 더욱 다지게 하는 계기가 됐다. 더불어 국제적인 이벤트가 국가 홍보에 얼마나 큰 효과를 내는지도 절실히 깨닫게 해주었다.

2002년 한일 월드컵을 겪으면서 나는 훗날 꼭 해보고 싶은 소망 한 가지를 키웠다. 그것은 바로 남북한에서 동시에 열리는 월드컵이다.

세계인들을 대상으로 독도 문제를 어떻게 하면 가장 세련되고 정정당당하게 홍보
할 수 있을까? 이런저런 고민을 하다 보니 세계 각국의 정부와 글로벌 기업, 국제
기구 및 각국의 주요 언론사에서 가장 주목을 하는 매체 중 하나가 바로 '뉴욕타임
스'라는 데 생각이 미쳤다. 세계에서 가장 다양한 민족이 산다는 뉴욕의 지하철에
서도 이 신문을 보는 사람들이 가장 많았고, 신문에 대한 신뢰도도 가장 높았다.
'그래, 바로 이거다' 라는 생각이 들었다.

5장

독도, 너는 내 운명

계란으로
바위 치는 사나이

★ 가수 김장훈 씨의 후원에 이어 한국 네티즌 10만 명의 성금으로 미국 유력 일간지에 독도 관련 전면광고를 했다는 기사가 국내외 언론을 통해 보도되자 나는 또 한 번 사람들의 주목을 받았다. 단 몇 주 만에 2억1천여 만 원의 성금이 모여 한국 광고사에 유례가 없는 '국민모금 광고'를 만들어낸 것이다. 가장 짧은 시간에 가장 많은 사람들이 참여한 광고라는 점에서도 단연 화제였다.

나의 이런 기행 아닌 기행은 2005년 뉴욕타임스에 '독도는 한국 땅'이라는 광고를 하면서 시작됐다.

그동안 나는 한국을 세계에 알리기 위해 나름대로 아이디어를 행동에 옮겼고, 그로 인해 자칭 타칭 '한국 홍보 전문가'로서 이름이 알려지기 시작했다. 나의 활동이 조금씩 드러나면서 사람들은 '서경덕이 도대체 뭐하는 사람이냐'며 궁금해 했다.

특히 이런 광고 캠페인을 실시하는 가장 큰 이유는 여전히 반성할 줄 모르는 일본 정부와 우익단체들의 오만함 때문이었다. 그들이 가장 두려워하는 것은 국제 여론이었고, 의견광고를 통해 국제 여론을 환기시키자는 것이 나의 목적이었다.

개인 자격으로 행해지는 이런 시도는 어쩌면 계란으로 바위 치는 것과 다름없을지도 모른다. 하지만 주변 국가들에게 고통을 주고 전 세계를 전쟁에 몰아넣었던 자신들의 잘못된 역사를 합리화하려는 일본 우익 세력들의 태도가 나의 오기를 더욱 부채질했다.

우리의 현재는 역사를 통해 만들어진 결과물이다. 더 나은 미래를 만들어 가기 위해서는 잘못된 역사를 바로잡는 일이 중요하다. 일본의 역사 왜곡 문제는 대한민국의 미래를 위한 필연적인 과제였다.

"그래 나 혼자 만이라도 일을 한번 벌여 보자. 계란으로 바위를 쳐서 깨뜨릴 수는 없다고 하지만 계속 치다 보면 흔적이라도 남을 것이다. 과거의 역사에 눈 감고 지낸다면 현실의 역사에서도 눈 감은 장님이 될 것이다. 눈 뜨고 당하는 바보가 되지 않으려면 내가 갖고 있는 달걀이라도 한번 던져야 할 것이다. 그 첫걸음이 전 세계를 향해 우리의 독도를 알리는 것이다."

2005년 1월 신천지를 찾아가듯 설레는 마음으로 다시 뉴욕에 입성했다. 이번 뉴욕 행은 군에서 제대하자마자 떠났던 2001년과는 달리 낯설지 않았다. 지난번처럼 잔디로 옷을 만드는 남자를 찾아야 한다는 시급한 과제도 없었다. 그때 뉴욕 뒷골목을 누비며 돌아다녔던 까닭에 마치 고향에 온 느낌이었다.

그곳에서 스시집을 하는 한인 부부의 아파트에서 함께 기거하게 돼 마음이 더욱 편했다. 뉴욕에서 처음 만나 형님, 동생하며 친해진 그분들은 미국으로 이민 온 지 1년 정도 되는 젊은 한인 부부였다. '대한민국 홍보 프로젝트'를 한다는 청년과의 동거가 조금은 어색하긴 했지만 낯선 곳에서 만난 동포로서의 친분이 서로에게 의지가 되었다.

나는 이들 제주도 출신 부부가 미국으로 이민 와서 어떻게 적응하며 살아가는지에 대해서도 관심이 많았다. 언어장벽이나 제도적 차이로 인한 문화충격 등의 애환을 어떻게 극복하는지도 궁금했다. 이들 부부를 통해 아메리칸 드림의 허와 실, 한인들의 위상 등을 새롭게 공부할 수 있었다.

독도의 국적을
국제사회에 분명하게 못박자!

★ 뉴욕에서 새로운 꿈을 설계하던 어느 날, 나는 선택을 해야만 하는 운명적인 사건을 접하게 됐다. 바로 '독도'였다.

2005년 2월말 인터넷 검색을 하다가 한일 간에 최악의 상황이 감지되었다. 일본 시마네현 의회가 매년 2월 22일을 '다케시마의 날'로 정하는 조례안을 가결했다는 것이다. 시마네현은 "한국이 반세기에 걸쳐 다케시마를 불법 점거하고 실효지배 움직임을 강화해 왔지만 다케시마는 역사적으로나 국제법적으로나 시마네현에 속하는 우리 영토다."라고 주장했다. 독도 영유권과 역사 교과서 왜곡 문제를 둘러싼 한일관계가 험악해질 것은 불을 보듯 뻔했다.

시마네현은 독도 영유권을 주장하는 TV 광고를 시작했다. 3개 지역 민방을 통해 '돌려달라! 섬과 바다'란 제목의 동영상 광고를 내보냈다. 동영상은 독도의 위치와 역사를 설명하면서 독도를 다케시마로 명명해 일본 땅으로 고시한 지 100년이 되는 해라는 점을 주장했다. 일본 극우 단체인 '새로운 역사 교과서를 준비하는 모임'은 왜곡 교과서를 보급하기 위한 본격적인 활동을 준비하고 있었다.

사마네현은 이미 2월 중순부터 독도 문제와 관련해 '다케시마의 날' 지정 움직임을 보이면서 대대적인 홍보를 펼치기 시작했다. 또한 인터넷 홈페이지를 통해 독도가 일본 영토임을 주장하는 '돌아오라, 다케시마'라는 제목의 사이트를 한국어와 일본어, 영어 등 여러 나라 언어로 서비스 중이었다.

'독도 반환 요구 범시민대회'도 열렸다. 시마네현 지사는 "하루빨리 독도를 되찾자."고 호소했다. 초등학생들은 "우리가 어른이 되면 다케시마는 우리 땅이 돼 있어야 한다."고 외쳤다. 일본 외무성 홈페이지는 '독도는 명백하게 일본 영토이다. 평화적으로 이 문제를 해결해 나갈 것'이라고 밝혔다.

일본 정부는 시마네현이 독도 영유권 조례를 통과시킨 것을 두고 한동안은 정부와는 무관한 척하더니 결국 속내를 드러냈다. 일본 역사 교과서 검증의 최고책임자인 정부 각료가 독도를 일본 영토라고 주장하기에 이른 것이다. 이것은 일본 정부가 한국을 향해 영토 전쟁을 선포한 것이나 다름없었다. 그보다 앞선 2004년 1월 초, 고이즈미 준이치로 일본총리가 '독도는 일본 땅'이라고 주장해 논란이 일기도 했다.

국내 여론이 들끓기 시작했다. 학자 · 시민사회단체 · 네티즌들이 맹비난하고 나섰다. 네이버, 다음 등 인터넷 포털사이트 한 · 일 문제 토론방에도 분노에 찬 네티즌들의 글들이 일제히 올라왔다.

그런데도 정부의 태도는 미적지근했다. 한국은 독도를 실효 지배하기 때문에 맞대응하는 것은 오히려 도움이 되지 않는다는 논리였다. "그렇게 안이한 생각을 가지고 있으니 일본지도층의 망언이 계속되고 있다."는 비난의 목소리도 쏟아졌다.

독도의 국적을 국제사회에 분명하게 못 박고 일본 정부의 부당함을 전 세계에 알리기 위해서는 국제 여론을 우리의 편으로 만드는 게 가장 중요하다고 판단이 들었다. 내가 세계의 중심지 뉴욕에 있으면서 가만히 있을 수는 없는 노릇이었다.

잘못된 과거사에 대한 반성 없이 끊임없는 망언과 왜곡을 일삼아 온 일본에 대해서 느끼는 감정은 나라고 해서 예외일 수는 없었다. 우리 영토에 속해 있는 독도를 호시탐탐 넘보는 일본의 태도는 21세기를 맞이한 지금도 여전히 저들이 제국주의의 망상에 젖어 있음을 보여주는 증거다. 일제강점기를 벗어나 해방 60주년을 맞이하는 해에 터져 나온 독도 망언은 새로운 국면의 영토 분쟁을 예고했다.

이 같은 일련의 도발적인 언행들은 한류 열풍 속에서 한일 국교 정상화 40주년을 맞아 '한일 우정의 해'로 지정한 것을 무색하게 만들었다. 내가 태어난 이후 한일 관계가 가장 악화된 듯했다. 일본이 독도를 자기네 땅이라고 우기는 저의는 한마디로 '힘이 있다'는 오만에서 나온 것이다. 경제나 군사력이 좀 있다고 국제사회를 마음먹은 대로 주무를 수 있는 것은 결코 아니다. 내가 개인으로서 일본 정부의 부당함을 세계에 알릴 수 있는 길은 참신한 기획력밖에 없다고 생각했다. 그때부터 고민이 시작됐다.

'이런 상황에서 독도를 우리 땅이라고 우겨봐야 매번 똑같이 반복되는 싸움밖에 안 된다. 어떻게 하면 좀 더 세련되고, 그러면서도 정정당당하게 우리 주장을 전 세계에 알릴 수 있을까?'

나 역시 한국에 있었다면 참을 수 없는 분노를 느꼈을 것이고 즉흥적인 이벤트를 벌이며 내 의사를 표현했을 것이다. 그런데 해외에 나와서 보니까 객관적인 입장에서 시야가 한층 넓어졌다.

인터넷으로 보니 해외 언론에서는 한국의 과도한 대응이 더 이상하다는 분위기였다. '일본에 정정당당하게 대응하지 않고 왜 저렇게 감정적으로 대하느냐.' 면서 한국 사람을 더 의아하게 보는 사람들도 많았다. 나는 차분하게 생각을 정리했다.

이제는 세계인을 대상으로 적극적인 홍보를 해야 할 때이다. 세계인들의 마음을 움직여 일본이 더 이상 망언을 하지 못하도록 만드는 게 최고의 방법이다.'

그렇게 해서 일본 정부의 부당함을 전 세계에 알리고, 독도가 대한민국 영토임을 정정당당하게 알리는 세계적인 광고 캠페인을 벌여 봐야겠다고 마음먹었다.

DOKDO

Dokdo is two islets east of the Korea Peninsula

IS

KOREAN

TERRITORY

Dokdo belongs to Korea.
The Japanese government must face this fact.

Also Korea and Japan should now move toward cooperation,
for the creation of a peaceful and prosperous Northeast Asia
that resonates throughout the world.

www.koreandokdo.com

2005년 7월 27일 뉴욕타임스에 첫 독도 광고가 실렸다. 일본 정부의 부당함을 전 세계에 알리고 우리의 땅 독도를 정정당당하게 널리 홍보하고자 세계적인 신문에 광고를 게재했다.

★ 21세기는 인터넷이 전 세계를 네트워크화해서 돌아가는 지구촌 시대가 아닌가. 클릭 한 번에 모든 나라를 드나들며 정보를 얻을 수 있다. 이 좁은 지구촌에서 일본의 이런 구태의연한 방식이 얼마나 부끄러운 짓인 줄 알게 해주어야 한다고 생각했다.

세계인들을 대상으로 독도 문제를 어떻게 하면 가장 세련되고 정정당당하게 접근할 수 있을까? 이런저런 고민을 하다 보니 세계 각국의 정부와 글로벌 기업, 국제기구 및 각국의 주요 언론사에서 가장 주목을 하는 매체 중 하나가 바로 '뉴욕타임스' 라는 데 생각이 미쳤다. 세계에서 가장 다양한 민족이 산다는 뉴욕의 지하철에서도 이 신문을 보는 사람들이 가장 많았고, 신문에 대한 신뢰도도 가장 높았다.

불현듯 '그래, 바로 이거다!' 라는 생각이 들었다.

"여기에 한번 광고를 내보자!"

일본의 독도 영유권 주장으로 인해 국내 언론은 연일 독도 관련 기사를 토해냈고, 정치인을 비롯해 각계각층의 모든 사람들 역시 이구동성으로 일본인들의 만행을 규탄했다. 하지만 아무리 목소리를 높여도 일본은 꿈쩍도 하지 않았다. 그렇다면 좀 더 효과적으로 세계에 이 사실을 알리는 게 어떨까? 그래서 생각해낸 것이 전 세계인들이 가장 주목한다는 신문에 광고를 내는 것이었다. 세계에서 가장 권위 있는 신문이며 각국 정부와 기업, 언론인들이 많이 구독하는 뉴욕타임스에 이런 내용이 실린다면 독도 문제에 관한 우리의 입장을 세계에 홍보하는 데 많은 도움이 될 것이란 생각이 들었다.

　미친 생각이었는지도 모른다. 광고료가 얼마인지도 몰랐다. 일본이 망언을 하면 우리가 시시콜콜 대응하는 게 아니라 전 세계를 상대로 전방위적으로 홍보를 해야 독도를 지킬 수 있다는 생각이 들었다. 나 혼자라도 나서서 이 광고에 온힘을 기울여 봐야겠다는 결심이 섰다.

　매일 뉴욕타임스를 사서 광고면을 유심히 읽었다. 가장 눈에 띄는 것이 샤넬, 루이비통 등의 명품 광고였다. '광고비가 대체 얼마나 되기에 명품 광고들만 있지?' 뉴욕타임스 광고국에 전화를 걸었다. 담당 직원과 몇 차례의 통화 끝에 직접 만나서 이야기를 나누기로 했다.

　약속 날짜에 뉴욕타임스를 찾아가 담당 직원을 만났다. 뉴욕타임스도 우리나라 신문처럼 여러 섹션으로 나뉘는데 그 중 A섹션 안에 '국제면'이 있었다. 나는 A섹션 한 면에 풀로 붙여 만든 독도 광고 예비시안을 보여주면서 말했다.

　"여기에 이런 광고를 내겠다."

광고국 직원이 의아해하며 물었다.

"이런 의견광고 내는 것이 쉬운 일은 아닌데, 당신 혼자서 하는 거냐?"

"물론 나 혼자 하는 것이다."

"그런데 독도가 도대체 뭐냐?"

독도에 대해 들어본 적도 없는 그 직원에게 독도에 대해 한참을 설명했다. 이것도 쉬운 일이 아니었다. 뉴욕타임스에 가기 전에 독도에 대한 영문 자료가 있는지 인터넷을 통해 찾아보긴 했지만 다운로드 받을 수 있는 자료가 많지 않았다. 뉴욕타임스에 독도 관련 기사가 한 번만이라도 나왔더라면 설명하기 쉬웠겠지만 그 당시에는 검색창에 'Dokdo'를 쳐봐도 아무런 자료가 없었다. 나는 내가 아는 어휘를 총망라하며 손짓 발짓으로 독도에 대해 설명하고 광고 게재 취지를 설명해 주었다.

그 직원은 내가 가져간 독도 광고 시안을 보더니 어이없다는 듯 웃었다. 광고주들이 나처럼 신문을 오려 붙여 손수 만든 광고 시안을 가져오는 경우가 한 번도 없었기 때문이다. 그 직원이 보기에 내가 광고 게재를 어떻게 하는지 전혀 모르는 촌뜨기 같았을 것이다. 그 광고 시안은 내가 대략적으로 스케치한 것을 가위로 오려 직접 만든 것이었다. 그 직원은 나의 이런 모습을 순수하게 봤는지 그제서야 내 말에 귀를 기울였다. 나는 광고 지면의 위치와 크기에 대해서 설명했다.

"나는 신문 A섹션 2면에 광고를 넣고 싶다."

그가 나를 잠시 뜨악한 눈으로 보더니 고개를 설레설레 저었다.

"이 면은 연간 계약이 아니면 받지 않는다. 더구나 이 같은 경우는 국가 현안에 관련된 의견광고여서 내부 심의를 거쳐야 한다."

나는 '잘 되겠지' 하는 생각으로 광고 단가표를 요구했다. 날짜별, 위치별, 크기별로 가격이 천차만별이고 가격도 만만치 않았다. 더구나 날짜 지정 광고는 너무 비싸서 신문사에서 임의로 정해 주는 날짜에 게재하는 방법밖에 없었다. 광고 지면이 빌 때 들어가는 것으로 일명 '스탠바이(stand-by) 광고' 라고 하는데, 대개 1~2주 정도 기다리면 된다고 했다. 그래도 광고 비용을 대략 계산해 보니 상당한 금액이었다. 일단 돈 문제는 나중에 생각하기로 하고 2차 만남을 기약하고 돌아왔다.

이제는 최종 광고 시안을 만들어야 했다. 광고 아이디어를 잡고 초안을 만드는 데 몇 개월이나 걸렸다. 뉴욕시내에 봄이 오는지 여름이 시작됐는지 계절을 잊고 광고 제작에만 몰두했다. 책상에 앉아서 얼마나 비비적거렸는지 반바지가 너덜너덜하게 닳아 구멍이 났다. 밤을 새며 작업을 하느라 무리했는지 광고가 거의 완성될 무렵에는 코피가 줄줄 터졌다. 이걸 닦아내느라고 버린 휴지가 쓰레기통에 한 가득이었다.

디자인은 서울에 있는 후배에게 부탁하기로 했다. 광고 시안이 만족스러울 때까지 여러 차례 수정을 해야 했는데, 내가 얼마나 괴롭혔던지 그 후배는 거의 죽을 지경이었다. 나도 몇 달 동안 그렇게 한 가지 일에 집중하기는 처음이었다. 한국과의 국제전화 요금도 장난이 아니었다.

뉴욕타임스에 첫 독도 광고를 내기까지 무려 5개월이 걸렸다. 독도 광고를 내기위해 필요한 모든 자료 및 아이디어를 방 전면에 붙여가며 오직 광고 제작에만 몰두했다.

'www.ForTheNextGeneration.com'의 탄생

★ 몇 가지 종류의 광고 시안을 만들어 뉴욕타임스의 광고 디렉터를 만나러 갔다. 독도에 대한 영문 자료도 그 디렉터에게 주었다. 그런데 이게 웬일인가? 이렇게 하면 광고가 못나갈지도 모른다고 했다. 광고 게재에 필요한 기본 원칙이 누락됐다는 것이다. 광고주의 정확한 명칭과 대표 전화번호, 이메일 주소가 반드시 들어가야 한다고 했다. 잠깐 동안이나마 많은 생각이 스쳐갔고, 곧 말을 이었다.

"이 광고는 나 자신을 위한 것이 아니고 국가를 위해서 하는 일이다. 굳이 나라는 사람을 밝히고 싶지는 않다."

나의 말을 듣고 디렉터는 이해하기가 어렵다는 듯 고개를 갸우뚱했다.

"아니, 자기 돈 내고 광고하는 사람이 자기를 밝히지 않는 건 처음 봤다."

"국가를 위해 하는 일인데 꼭 개인의 이름을 넣을 필요는 없지 않나?"

"유태인들이 가끔 의견광고를 낼 때가 있는데 그 사람들은 자기 조직이 어떤 조직인지 반드시 밝힌다. 아시아인이 이런 자신의 국가 현안에 대한 의견광고를 개인이 내는 것은 아마 당신이 처음인 것 같다."

그 말은 광고 허가가 났다는 뜻이었다. 나는 꼭 내 연락처를 넣어야 하느냐고 다시 물어봤다.

"연락처가 없으면 우리 회사 광고국으로 문의 전화가 오기 때문에 업무에 지장을 줄 수 있다."

나 역시 그런 부분에 있어서는 충분히 이해를 했다. 그래서 좀 더 생각해 보겠다고 말한 뒤 신문사를 나왔다. 그 후 어떻게 하는 것이 좋을지 뉴욕타임스 광고국 직원과 서로 연락을 하다가 내가 제의를 했다.

"웹사이트 주소를 광고에 명기하고 웹사이트에 들어오면 내 이메일과 연락처를 볼 수 있도록 해놓겠다. 그러면 되지 않겠나?"

이렇게 해서 최종 합의점을 찾았다. 그 직원은 웹사이트가 완성되는 걸 보고 광고를 싣겠다고 했다.

이제 웹사이트를 만들 차례다. 또 다시 서울에 연락하고 작업하느라 바빠졌다. 이 일로 후배들은 또 한 차례 곤역을 치러야 했다. 국가에 관련된 웹사이트를 만드는 일이 간단하지는 않았다. 우리는 며칠 동안 서울과 뉴욕에서 밤샘을 해가며 홈페이지를 만들었다.

이때 처음 만든 웹사이트는 '코리안 독도 닷컴'(www.KoreanDokdo.com) 이었다. 그 후 '다음 세대를 위해(www.ForTheNextGeneration.com)'로 바꾸면서 내용을 차츰 보강해 나갔다. 웹사이트에 남긴 이메일 주소는 내가 주로 쓰는 한메일이었다.

그런데 생각지도 못했던 상황이 또 벌어졌다. 광고국 직원이 직접 내 이메일 주소를 가지고 새로운 주소창에 입력해 본 것이다. 그러자 첫 화면이 전부 깨져 내용을 하나도 알아볼 수가 없었다고 했다. 그는 의심의 눈초리로 나를 바라보았다.

"당신 이메일을 못 믿겠다. 대부분의 사람들이 사용하는 야후나 MSN 같은 메일을 남겨 줘라."

다시 집으로 돌아와 가만 생각해보니 자존심도 상하고 안타까웠다.

"우리 대한민국이 세계 최고의 IT강국인데 세계인들이 자주 사용하는 메일이 하나 없다니……."

다음날 신문사에 또 연락했다.

"글자가 깨져 보이는 것은 한글 버전이 안 깔려 있어서 그런 것이다. 당신이 원하는 다른 메일을 쓸 수도 있지만, 내가 쓰는 우리나라 메일 역시 전 세계 사람들과 주고받는 데는 전혀 문제가 없다. 그러니 그냥 이 메일로 쓸 수 있게 해 달라. 의심스러우면 우리가 서로 메일을 한번 주고받아 보면 되지 않겠느냐."

메일을 주고받는 데는 아무런 이상이 없었다. 그제야 뉴욕타임스에 광고 게재 허가가 났다. 아마 뉴욕타임스 광고국 직원들은 '별 놈 다 있다'고 생각했을 것이다. 웬 이상한 녀석이 뉴욕타임스에 나타나서 수십 년 지켜 온 자기들 규정을 따르지도 않고, 연락처도 안 넣으려고 하고, 처음 보는 이메일로 해 달라고 우겨대니 그럴 수밖에 없었을 것이다.

그렇다고 내가 우물에서 숭늉을 찾은 것은 아니다. 멀쩡한 영문 웹사이트에 문제없는 이메일 주소를 줬는데 안 될 이유가 전혀 없었다.

'모든 일에 있어서 역시 진정성을 가지고 성실하게 대하면 누구든 언젠가는 이해를 해 주는구나.' 하는 것을 다시금 느낄 수 있었다.

이제 대한민국을 대표하는 홍보 사이트가 된 웹사이트 '다음 세대를 위해(www.For TheNextGeneration.com)'. 기성세대의 한 사람으로 다음 세대에 부끄러운 일을 하고 싶지 않은 마음으로 이름을 지었다.

영토 주권의 상징 '독도', 세계의 관심사로 떠오르다

★ 뉴욕타임스에 독고 광고를 낼 때 가장 신경을 썼던 부분은 두 가지였다. 바로 광고 내용과 게재 시기를 결정하는 일이었다. 광고의 헤드라인은 'DOKDO IS KOREAN TERRITORY'로 잡았다. 이 헤드라인이 광고의 4분의 3이나 되도록 배치했다. 독자들에게 독도에 관한 관심을 유도하기 위해서였다. 그 아래에는 다섯 줄의 압축된 설명문을 넣었다.

'독도는 한국 영토에 속한다. 일본 정부는 이 사실을 인정해야만 한다. 이제부터는 동북아시아의 평화와 번영을 위해 한국과 일본은 힘을 합쳐 세계 중심이 될 수 있도록 서로 노력해 나가자.'

의견광고의 결론은 한국과 일본이 역사 인식을 올바르게 정립하고 미래지향적인 관계로 나아가자는 것이다. 지면 마지막에는 웹사이트 주소를 넣었다. 이 광고를 완성하기까지 많은 사람들의 조언을 들었고 고민도 많이 했다. 광고 제작 과정은 사진으로 다 찍어 모아 두었다.

광고 게재 시기는 7월로 잡았다. 일본 우익들이 망언을 늘어놓을 때만 우리가 맞대응하는 것이 아니라 평소에도 지속적으로 준비하고 적극적인 대외 홍보를 하고 있다는 것을 전 세계에 보여 주기 위해서였다.

광고 시안을 신문사에 맡겨 놓고 2주 동안 기다리는데 잠이 오지 않았다. 태어나서 그토록 잠을 설친 적은 처음이었던 것 같다.

이 광고가 나가면 예상대로 외국인들로부터 반응이 올까? 한국 사람들은 이런 내 의도를 잘 이해해 줄까? 아니면 일본인들이 돈을 퍼부어서 뉴욕타임스에 반박 광고를 계속 내면 어떻게 하나? 일본인들이 반박 광고를 내면 나도 다시 반박 광고를 내야 하나 말아야 하나? 온갖 생각들이 머리를 스쳤다.

드디어 2005년 7월 27일, 뉴욕타임스를 펼쳐 드니 독도 광고가 떡하니 나왔다. 한국은 27일 저녁이었고, 뉴욕은 27일 아침이었다. 곧이어 전쟁이라도 치르는 양 난리가 터졌다. 한국으로 이미 기사가 타전되어 네이버, 다음, 엠파스 등 주요 포털사이트 메인 뉴스로 뜨고 있었다. '검색어 1위', '가장 많이 본 뉴스 1위'를 차지하며 댓글들이 수백 개씩 올라오기 시작했다.

'통쾌하게 잘해 주셨습니다.'

'고맙습니다.'

한국의 후배들로부터 전화와 이메일이 날아들었다.

"형! 신문, 방송, 라디오 할 것 없이 지금 한국에서는 아주 난리가 났어요."

영국의 BBC 방송을 비롯해서 해외 언론사에서도 많은 관심을 보였다.

'대체 이게 뭐냐, 이런 광고는 처음 봤다.'는 의견에서부터 '이거 당신 개인이 냈나? 그렇다면 어떤 의도에서 냈나?', '비용은 기업에서 협찬을 받은 건가, 아니면 정부 지원금으로 한 건가?' 등 많은 것을 궁금해 했고 향후 계획에 대해 자세히 물어 보기도 했다.

나는 당당하게 인터뷰에 응했다. 해외 매스컴에서 내가 낸 광고에 많은 관심을 가졌다는 것은 이번 독도 광고를 통해 홍보가 잘 되었다는 의미도 되므로 기분이 좋았다.

사람들은 적지 않은 광고 비용에 대해서도 당연히 궁금하게 생각했다. 광고비는 홍보 관련 프리랜서로 일해서 번 돈으로 충당했다. 월드컵 이후 여러 기업으로부터 제의가 와 대학생 대상 마케팅 프로젝트에 참여했는데, 이렇게 벌게 된 돈을 나름대로 모아 두었던 것이다. 기업들로부터 아이디어가 좋다는 평을 받다 보니 기획비가 아르바이트 수준 이상이었다.

외국인들의 호응도 기대 이상이었다. 동북아시아 주변 상황을 전공한다는 미국의 대학원생은 자신의 논문에 독도 문제를 다루고 싶다며 자료를 요청해 왔다.

뉴욕타임스 광고 한 번에 이렇게까지 화제가 될 줄은 정말로 몰랐다. 나는 일본 정부의 부당함과 '독도가 우리나라 땅'이라는 것을 해외에 한번 당당하게 알려보자는 취지였을 뿐이다. 메일이 3천 통 넘게 들어와 모두 읽어보는 데도 며칠이 걸렸다. '한국 사람들, 독도에 대해 일본에 맺힌 감정이 정말 많구나.' 하는 걸 새삼 피부로 느꼈다. 나도 그 열렬한 격려가 얼마나 고마웠는지 모른다. 시간 날 때마다 답장을 보냈는데, 2주 넘게 걸렸다.

'얼굴도 모르고 친분이 있는 것도 아닌데 이렇게까지 격려 메일을 주셔서 정말로 감사합니다. 우리 독도를 위해 앞으로 더욱 더 노력하며 살겠습니다.'

어느 광고회사에 근무하는 디자이너는 '앞으로 광고 디자인이나 웹 디자인을 공짜로 해주겠다.'는 제안을 하기도 했다. 자료 도움을 주겠다는 단체도 많았다. 군인, 의사, 운동선수, 교사 등 다양한 직업을 가진 사람들이 연락을 해왔다. 우리나라의 각 분야의 사람들부터 연락을 다 받은 것 같은 기분이었다. 기업으로부터도 후원 연락이 끊이지 않았다.

뉴욕 현지 사람들은 이 광고에 대해 한 개인으로서 할 수 있는 굉장히 겸손한 광고라고 평가하기도 했다. 광고 크기나 내용 면에서 그렇다는 것이다. 내가 특히 기분이 좋았던 것은 청소년과 대학생들로부터도 연락이 많았다는 사실이다. 몇몇 청소년들은 '나도 커서 아저씨처럼 이런 일을 하는 사람이 되겠다.'고도 했다. 젊은이들에게 이런 메시지를 줄 수 있다는 점에서 나는 큰 자부심을 느꼈다. 여러 분야의 국민들로부터 이처럼 폭발적인 격려를 받고나니 더욱 더 열심히 한국 홍보를 위해 뛰어야겠다는 각오가 생겼다.

한국과 일본은 경제 · 문화면에서는 가까워졌지만 정치 · 외교적으로는 여전히 미묘한 부분이 많다. 일본은 잊을 만하면 역사 왜곡과 우익 인사들의 망언이 이어지고, 정부 각료의 야스쿠니 신사 참배를 통해 식민 지배의 합리화를 꾀해 왔다. 그때마다 공방을 벌이는 일이 주기적으로 반복되고 있다. 이러한 행위에 세계인이 주시하는 신문에 우리의 주장을 정정당당하게 펼쳤다는 수많은 논란에 쐐기를 박는 일로 한국인들에게 감동이 되지 않았나 싶다.

어떤 방송사에서는 나의 뉴욕 생활을 찍고 싶다며 전화 문의를 하기도 했다. 그밖에도 여러 방송사에서 연락이 왔지만, 그때마다 "전 단지 대한민국 국민으로서 해야 할 일을 했을 뿐입니다."라며 정중히 사양했다.

이 일은 어쩌면 대학생 때 타임캡슐, 대학원 다닐 때 월드컵 잔디재킷, 그리고 뉴욕타임스에 독도 광고까지 그냥 나에게 있어서는 기존에 해왔던 한국 홍보의 연장일 뿐이기 때문이다.

STOP DISTORTING HISTORY

Someone is taking our land

Someone is twisting history

Someone is plotting

Someone is abusing power

Someone is ignoring the truth

Someone is lobbying

Someone is lying

Someone is making noise

Someone is eyeing this island

Is that 'someone' Japan?

Hope not

This island is called 'Dokdo',
located in the East Sea between Korea and Japan

Dokdo is Korean territory

Koreans have dwelled on this island. Numerous old documents and historical maps also confirm that Dokdo is Korean territory. Yet the Japanese Ministry of Defense is marking Dokdo as its territory without much sense or evidence and is gradually increasing its degree of assertiveness.
Japan may be stronger, but we still believe that power cannot defeat the truth.
Visit www.ForTheNextGeneration.com. You can read the truth about Dokdo.

This advertisement is supported by the donations of 94,966 web users made on the Korean web portal Daum.

2008년 8월 25일 워싱턴포스트에 실린 전면광고. 한 포털사이트를 통해 네티즌 약 10만여 명이 광고비용을 모아줘서 낸 최초의 독도 관련 '국민광고' 다. 이 자리를 빌어 다시금 네티즌들께 감사함을 전한다.

교포 사회에 확산된
독도 광고 물결

★ 콜롬비아 대학에서 동아시아 문제를 연구하는 한 교수는 "수업 시간에 당신의 광고와 관련해서 학생들에게 알려주고 서로의 의견을 나눠보고자 하는데 광고 원본파일을 보내 줄 수 있겠는가?"라고 물어오기도 했다. 나는 무조건 "땡큐."라고 답했다. 그랬더니 자기 강의에 초청까지 해줬다.

직접 수업에 참관해 보니 학생들이 너무나도 진지했다. 학구적인 차원에서 접근했던 만큼 '독도가 한국 땅이다'라는 결론을 내린 것은 아니었지만, 한국과 일본의 역사적 관계가 소개되었고 그런 과정에서 독도 광고가 나오게 되었다는 것이 학생들에게 전달되었다. 그 사실만으로도 나는 굉장히 뿌듯했다.

일본은 독도 외에도 영토 갈등을 빚고 있는 곳이 몇 군데 있다. 동중국해의 다오위다오(센카쿠 열도)는 중국과 영토 갈등을 빚는 지역으로,

중국은 다오위다오 문제를 협상 의제에 포함시키려 하지만 현재 실효 지배를 하고 있는 일본은 그것이 역사적·법적으로 일본 것이기에 분쟁이 있을 수 없고 협상 의제가 될 수 없다고 주장한다.

러시아와 영유권 분쟁 중인 북빙 4개 섬은 이와는 반대되는 경우다. 일본 측은 이 문제를 협상 의제에 포함시키려 하지만, 러시아 측이 거부함에 따라 말도 제대로 못 꺼내는 입장이다. 러시아는 그것이 역사적·법적으로 러시아 것이기에 분쟁이 있을 수 없다는 것이다.

분쟁이 없다고 주장하는 나라는 해당 지역에 대해 실효 지배를 하고 있다. 다오위다오처럼 법적으로는 분쟁이 있는데도 일본이 없다고 주장하는 이유는, 실효 지배의 원칙을 내세우기 때문이다.

다오위다오가 중국 대륙붕에 속한다 하더라도 일본의 실효 지배를 무시할 수는 없는 입장이다. 독도도 마찬가지다. 역사적으로 한반도의 영토였고 현재도 한국이 실효 지배를 하고 있다. 그런데도 일본은 아전인수격으로 해석을 해서 독도에 대한 영유권 주장을 굽히지 않고 있다. 독도는 분쟁지역도 아니고 일본 영토는 더 더욱 아니라는 게 나뿐만이 아닌 대한민국 전 국민들의 생각이다.

해외 동포 신문에는 거의 빠짐없이 이번 광고 소식이 알려졌다. 전 세계의 한인들과 한인회에서도 인터넷을 통해 이번 기사를 확인하고 나에게 연락을 보냈다. 마치 전 세계 한민족 축제를 여는 것 같았다. 한인회에서는 "그 광고 파일 우리가 그대로 써도 되느냐."고 물어왔다.

"아, 되고 말구요! 그런데 어디에 쓰시려는지……."

그들은 대한민국의 한 젊은이가 광고를 낸 걸 보고 감격스러워 우리

끼리 돈을 조금씩 걷어서 우리 지역 유력지에 똑같은 광고를 내려고 한다고 했다. 이 말을 듣는 내가 더 감격스러웠다. 특히 뉴욕 동포들로부터 연락을 많이 받았는데, '이민 생활을 하면서 가장 통쾌한 사건'이라며 매우 좋아들 하셨다. 그 중 한 음식점 사장님의 전화가 인상적이었다.

"당신 사는 데가 어디냐. 한 번 찾아왔으면 좋겠다. 내가 밥이든 소주든 대접하고 싶다. 내가 해줄 수 있는 건 다해 주고 싶다."

심지어 자기네 딸을 소개시켜 주겠다는 교포도 있었다. 그는 다음과 같은 메일을 보내 왔다

"우리 딸이 지금 뉴욕에서 대학에 다니고 있는데 딸이 이런 걸 배워야 한다. 당신이 아직 미혼이라면 당신 같은 청년을 사위로 맞고 싶다."

물론 농담이 섞인 말이겠지만 얼굴도 모르는 나에게 딸을 중매하겠다는 그분은 분명 한국인의 뜨거운 피가 흐르는 사람일 것이다.

또 한 번 놀랐던 것은 동네 세탁소에 갔을 때다. 어느 날 급하게 양복을 드라이클리닝해야 할 일이 생겨서 세탁소에 갔는데 마침 한인이 운영하던 곳이었다.

"이것 좀 빨리 되겠습니까? 제가 오늘 급히 모임에 초대를 받아서 그러는데 부탁 좀 드리겠습니다."

"알겠습니다. 빨리 해드리겠습니다."

이야기를 마치고 밖으로 나오려는데 세탁소 벽에 걸린 액자가 눈에 띄었다. 뉴욕타임스에 실린 독도 광고가 액자에 넣어져 걸려 있었다.

내가 "저게 뭡니까?" 하고 물었다.

"아니 이거 모르십니까? 한두 달 전에 우리 아들이 이 신문을 가져왔

는데 이거 보고 너무 기분이 좋아서 액자에 걸어 놓았어요. 그 뭐 한국에서 온 사람이 이런 광고 냈다고 하더군요."

그 세탁소 사장님은 한국 국가대표가 출전하는 스포츠 중계는 밤을 새워서라도 다 본다며 한국에 대한 사랑을 드러냈다. 그날 나는 얼마나 기분이 좋았는지 모른다. 그 광고를 내가 했다는 말은 차마 하지 못했다. 왠지 부끄러운 기분이 들어서였다. 만약 그 당사자가 나라고 했다면 그때 그분의 기분으로 미뤄볼 때 양복 한 벌을 뽑아줬을지도 모르겠다.

일본의 역사 왜곡에 대한 분노는 한국에 있는 사람이나 해외에서 살고 있는 동포들이나 이심전심이었다. 그 먼 나라에 가서 살면서도 일본에 관해서라면 역사에 맺힌 한이 깊었다.

꽃다운 나이에 위안부로 끌려가 눈물과 오욕의 세월을 보낸 할머니들, 일본군에 강제 징집돼 전장에서 희생된 젊은이들……. 개인으로나 국가적으로나 한 맺힌 역사는 끝이 없는데, 일본 정부를 향한 이들의 보상청구 소송은 외면당하기 일쑤고 아시아를 전쟁의 참화로 몰아넣었던 일본은 과거사에 대한 반성 없이 세계 최고의 경제대국으로 발언권을 높이고 있다.

저들로부터 받은 상처가 채 아물지도 않았는데 반성과 사과는커녕 또다시 우리의 상처를 건드리는 일본 우익들의 망언과 역사 왜곡은 그동안 억눌러 왔던 한을 분출시킴과 동시에 민족적 동질성을 확인하는 계기가 되었다.

어쩌면 광고를 통해 그 한을 조금이나마 풀어주었는지도 모르겠다. 그런 생각이 들자 내가 왜 진작 이런 아이디어를 내지 못했을까 하는 아쉬운 마음이 생겨났다. 고국의 소식에 늘 목말라 하는 수많은 교민들 중에 애국자가 많구나 하는 생각도 들었다. 남의 상처를 건드리는 일본 우익의 망언이 있으면 있을수록 이 애국심은 더 단단하게 뭉쳐질 것이다. 내가 행동으로 옮긴 이 사소한 일을 동포들은 이구동성으로 기뻐했고 격려해 줬다. 내가 이런 분들을 위해서라도 지속적으로 뭔가 해야 되지 않겠나 하는 걸 다시금 느꼈다. 또 다시 두 번째 광고에 대한 열정이 타올랐다.

광고가 나간 후 뉴욕의 한인학교에 여러 차례 초청되었는데, 이는 내가 특별히 보람과 자긍심을 느끼는 부분이다. 뉴욕의 한인학교는 교포 자녀들을 대상으로 한 일종의 주말학교로, 한인 교포 자녀들은 평소에는 일반 학교에 다니다가 주말이면 한인학교에 나가 한글과 한국의 역사, 문화에 대해 배운다. 내가 그 학교를 방문한 날은 '서경덕이라는 한국 홍보 전문가가 온다'고 해서 부모님들까지 참석해 자리를 메우고 있었다. 학부모들이 어린 자녀들에게 한국의 넋을 심어주려는 살아있는 교육현장이었다.

대부분 초등학생인 그 아이들의 눈빛을 마주하고 한 시간 강의를 하면서 나는 한국인으로서 자부심을 가지고 제대로 살아야겠다는 다짐과 함께 앞으로 더 열심히 더 많이 한국의 문화와 역사를 해외에 알려야 되겠다는 생각을 굳히게 되었다.

광고가 나가고 유럽 내 일간지 및 브라질, 필리핀, 중국 등의 유력지에서도 취재 연락이 왔다. 내 기사가 제대로 나갔는지 확인하지는 못했지만, 현지 교민들로부터 광고 원본을 보내달라는 연락을 많이 받았다.

각 지역 한인들이 힘을 모아서 자체적으로 광고를 냈던 것 같다. 나는 교포들이 광고 원본을 요구할 때 마다 열심히 보내주었다.

이번 광고로 세계 여러 나라에 살고 있는 재외동포들이 독도를 위해 뭔가를 할 수 있다는 동기부여를 한 셈이다. 동포들이 힘을 모아서 조국을 위해 뭔가를 할 수 있다는 것 자체가 커다란 의미가 있다는 생각이 들었다. 이것이야말로 내가 원했던 한민족 네트워크다. 우리 민족이 세계적으로 영향력을 발휘하는 계기를 만들어보는 게 나의 가장 큰 목표 중의 하나였다.

중국인들도 이 광고에 대해 호의적인 반응을 보였다. 특히 중국은 다오위다오(센카쿠 열도) 영유권 문제로 일본과 마찰을 일으키고 있었다. 이 광고로 뉴욕에 거주하는 중국인들로부터 많은 메일을 받았다. 중국인들은 차이나타운을 통해 단결력을 과시하면서 뉴욕 내에서 커다란 영향력을 행사하고 있다.

"이런 아이디어를 줘서 고맙다. 우리는 세계적인 신문에 이런 광고를 낼 생각을 왜 못했을까?"

이 일로 인해 나는 좋은 중국인들도 많이 알게 되었다. 반면 일본인으로부터의 협박은 예상했던 대로였다. 그래도 막상 협박성 전화를 받자 두렵기까지 했다. '조심하라.'는 경고는 점잖은 편에 속했다. '앞으로 이런 짓을 한 번만 더 하면 가만두지 않겠다.'는 협박부터 갖가지 욕설과 항의가 이메일과 전화로 빗발쳤다. 어떤 일본인은 통역을 옆에 두고 전화를 걸어오기도 했다. 그는 비교적 차분한 목소리로 따져 물었다.

"당신, 한국 정부에서 시켜서 한 일이지?"

"아닌데요…"

"그럼, 당신이 하는 일이 정확히 뭔가?"

"전 공부하는 대학원생입니다. 이런 항의를 하려면 먼저 웹사이트 (www.ForTheNextGeneration.com)에 들어가 거기 나와 있는 자세한 자료를 읽어 본 후에 다시 연락하십시오."

"……."

광고는 한정된 지면에 표현하는 것이어서 모든 내용을 다루기는 어려웠다. 나는 광고 마지막에 웹사이트 주소를 표기하여 관심이 있는 사람들은 웹 상에서 더 자세한 정보를 얻을 수 있도록 했다. 거기에다 독도에 관한 전반적인 영문 자료 및 동영상 등을 올려 외국인 누구나 쉽게 이해할 수 있도록 만들었다. 광고가 나가자마자 웹사이트가 폭주했다. 우리에게 민감한 사안이었던 만큼 일본에게도 민감한 문제였다.

협박성 이메일이나 전화를 받을 때마다 속으로 분노가 일었지만 끝까지 차분하고 침착하게 대응했다. 영어로 쓴 메일 중에는 막말로 협박하는 것도 있었다.

"당신은 한국 정부 입장을 대변하는 사람도 아닌 평범한 사람인데, 감히 '일본 정부'라는 단어를 써가면서 함부로 삿대질을 하는 거냐. 이것은 정부와 정부가 관련된 문제이지 당신이 나설 문제가 아니다. 그 사이트를 다운시키고 해킹하겠다."

며칠 후 내가 만든 사이트는 실제로 다운됐다. 사이트가 무엇 때문에 다운됐는지는 정확히 알지 못한다. 친구들 얘기를 들어보니까 너무 많은 사람들이 접속해서 다운이 됐을 수도 있단다. 첫 번째 다운됐을 때는 사람들이 엄청 들어왔기 때문에 그런 것 같았지만 두 번째 다운됐을 때는 누가 해킹을 하지 않았나 생각된다.

뉴욕타임스에 'DO YOU KNOW?' 전면광고가 나간 후 세계 각국의 한인들이 그 나라 그 지역의 유력지에 똑같은 광고를 게재하고 싶다고 연락들을 많이 해왔다. 사진은 괌 유력지인 'Pacific Daily News'에 게재된 독도 광고다.

우리가 진실에 눈을 감으면 바로 앞의 현실조차 볼 수 없다. 이것은 우리 모두의 현실이며, 일본에 의해 고통받았던 역사다. 나는 동시대를 사는 세계의 젊은이들에게 일본의 역사 왜곡 문제를 정확하게 알리고 싶어서 세계 유수의 언론매체와 인터넷을 이용해 홍보를 하기 시작했다.

6장

미래를
디자인하는
국가 홍보
전문가

세계적인 신문광고 캠페인은 계속된다

★ 뉴욕타임스 광고가 나간 후 그 반응의 열기가 채 식기도 전에 나는 제 2탄 광고를 구상하기 시작했다. 그 무렵 한 일본인으로부터 "다음에 그런 광고 또 내면 가만 두지 않겠다."는 협박을 받기도 했다. 하지만 이런 협박이 두렵기는커녕 오히려 나를 자극시켰다.

우리 정부는 그동안 '독도를 실효 지배하고 있으므로 일본의 분쟁화 시도에 말려들면 안 된다'는 입장을 고수해 왔다. 한일 국교 정상화 이후 40년 동안 방심하고 있는 사이에 일본은 전 세계를 향해 '한국이 독도를 무단 점거하고 있다'고 홍보해 왔다. 그 결과 해외 유명 웹사이트 중에는 독도를 '다케시마(Takeshima)'로 표기한 곳도 많았다. 독도의 존재를 처음 유럽에 알린 프랑스 선박의 이름을 따서 '리앙크루 암(Liancourt Rocks)'이라고 표기하는 곳도 있었다. 이 사이트들은 대부분 독도를 분쟁지역이라고 소개했다. 이런 시점에 내가 뉴욕타임스에 광고를 냈지만 상황이 달라진 것은 없었다.

그래서 이미 생각해 두었던 제 2탄 광고 작업에 들어갔다. 첫 광고는 메시지 전달이 주목적이었지만, 2탄 광고는 그림을 넣어 시각적 효과를 더 높여야겠다고 생각했다. 그 다음부터는 연속적인 캠페인 광고를 내는 것이 어떨까도 고려했다. 광고가 여러 번에 걸쳐 계속적으로 나가다 보면 세계인들이 '이건 대한민국에 관련된 광고구나.' 하는 걸 확실하게 알릴 수 있지 않을까 싶어서다.

2탄 광고는 동해와 독도가 들어간 대한민국 지도를 넣어서 만들었다. 동해안에 독도가 있다는 것을 보여주려면 한국 지도가 들어가야 할 것이다. 상황을 잘 모르는 외국인들이 볼 때 '일본해'로 표기된 지도에 있는 작은 섬이면 당연히 '독도는 일본 땅'이라고 여기지 않겠는가. '일본해'가 아닌 '동해' 표기의 중요성이 바로 여기에 있는 것이다.

다케시마 표기를 사용하는 해외 유명 사이트들은 동해를 '일본해'라고 표기해 독도가 일본 영토라는 주장을 받아들이고 있는 추세다. 일본 극우단체 '새 역사 교과서를 만드는 모임'이 만든 개정판 중학교 공민. 교과서는 '일본해 상의 다케시마는 역사적으로도 국제법 상으로도 우리나라 고유의 영토'라고 명시했다. 그런 까닭에 우리의 독도 광고도 동해를 배경으로 내세울 필요가 있었다. 이 광고는 뉴욕타임스와 함께 미국 신문의 양대 산맥이라 할 수 있는 월스트리트저널에 게재하기로 결정했다. 이 광고 역시 현지 외국인들을 상대로 수 차례 테스팅 과정을 거쳐 누구나 쉽게 이해할 수 있도록 제작했다.

2009년 8월 12일 워싱턴포스트에 실린 전면광고. 가수 김장훈 씨와 또 다시 의기투합하여 게재한 동해 관련 광고다. 지난 뉴욕타임스 광고와 마찬가지로 '일본해(Sea of Japan)'가 아니라 '동해(East Sea)' 표기가 옳다고 주장하는 광고를 실었다.

월스트리트저널에 광고를 낼 때는 경험을 쌓은 탓인지 첫 번째 광고를 낼 때보다 좀 덜 부담되고 재미있었다. 뉴욕타임스에 처음 광고를 할 때는 우왕좌왕하며 시간도 많이 걸렸는데, 이번에는 일이 일사천리로 진행됐다. 우선 월스트리트저널 광고국으로 이메일을 보냈다.

"나는 얼마 전에 뉴욕타임스에 이런 광고를 냈던 사람인데 한번 만나서 이야기를 나눠 보고 싶다."

광고 담당자는 '그 광고를 본 기억이 난다.' 면서 바로 약속을 잡았다. 전에는 내 돈 내고 광고하면서 의심을 받았지만 이번에는 얘기가 술술 풀렸다.

"어떻게 싣고 싶나? 어떤 면으로 하겠나?"

나는 당연히 A섹션에 하고 싶다고 했다.

"그러면 일단 광고 시안을 만들어서 가져와라."

이렇게 간단하게 이야기가 끝났다. 그런데 그 담당자가 내게 인상 깊은 말을 했다.

"국가적 현안에 대해 개인이 의견광고를 낸다는 것이 쉬운 일이 아니다. 먼 훗날 이 동해 광고나 뉴욕타임스에 냈던 독도 광고는 또 하나의 국제적인 증거 자료가 될 수도 있을 것이다."

이 격려의 말은 듣기 좋으라고 했던 말일 수도 있는데, 전혀 틀린 말은 아니라고 생각했다.

광고를 통해 세계 속 한국인의 저력을 실감하다

★ 월스트리트저널은 세계의 각국의 정부나 다국적 기업, 국제기구에서 주목을 하는 언론 매체다. 이 신문 역시 미국판, 유럽판, 아시아판으로 나뉘어 발행되는데, 어느 지역에 광고를 낼까 고민하다 이번에는 월스트리트저널 유럽판으로 하는 게 좋겠다는 판단을 내렸다. 월스트리트저널 유럽판은 유럽 외에도 아프리카, 중동지역까지 배포된다.

국제사회에 우리 입장을 표명하는 데에는 세계에서 가장 주목하는 두 신문의 광고를 통해 정정당당하게 표현하는 것이 효과적이라는 생각이 들었다.

그 다음에는 광고 게재 시기를 생각했다. 뉴욕타임스에 나간 것이 2005년 7월이니까 이 분위기가 조금 가라앉을 만한 3~4개월 후에 내는 걸 우선 고려했다. 곧장 광고 시안 준비에 들어갔다.

'이번 월스트리트저널에 광고가 나가면 많은 세계인들이 볼 것이다'

라는 생각으로 코리안 독도닷컴 사이트를 '다음 세대를 위해(www.For TheNextGeneration.com)'로 통합시키면서 역사적인 자료 사진, 영문 자료, 동영상 등으로 콘텐츠를 보강해 웹사이트 구축에 더 많은 노력을 기울였다. 이 사이트는 외국인들에게 동해와 독도에 관한 좀 더 자세한 정보를 주는 것이 목적이었다. 그들로부터 얼마만큼 관심을 모으고 그들을 쉽게 이해시킬 수 있느냐 하는 것이 중요했다. 한국에 있는 후배들과 계속 연락을 취하면서 밤샘 작업을 밥 먹듯이 했다.

나는 시간이 날 때마다 뉴욕의 타임스스퀘어 광장이나 브라이언 파크로 나갔다. 이 두 곳은 42번가 옆에 있는 공공장소로 사람들이 항상 북적거렸다. 지나가는 사람들을 붙잡고 노트북을 펼쳐 우리가 만든 광고 시안과 홈페이지를 보여줬다.

"한 가지 물어볼 게 있는데, 이 광고 문구가 이해되느냐?"

"아니 이해 못하겠다."

"그럼 이 그림을 보면 뭘 말하려고 하는지 알겠는가?"

"대충 알기는 하겠는데 정확히는 모르겠다."

그런 다음에는 다시 한국에 전화해서 디자인을 맡은 후배한테 외국인을 상대로 테스팅했던 결과를 설명해 주면 하루나 이틀 뒤에 수정된 디자인 이미지가 이메일로 들어왔다. 이것을 들고 또 광장으로 나가 개인들을 상대로 테스팅 작업을 했다. 테스팅 작업을 거친 사람만도 대략 4~5백 명이 넘었다. 응답자가 4~5백 명이라는 것이지, 그 옆에 친구가 있을 때도 있었고 점심식사 자리일 때는 4명이 모두 응답을 해왔으니 이걸 다 감안하며 1천 명이 족히 넘었다.

뉴욕은 각양각색의 민족이 어울려 사는 도시이므로 다양한 사람들을 상대로 테스팅 작업을 하기에 최적의 조건이었다. 테스팅 작업을 하면서 웹 디자인은 가능한 한 단순하게 해야 메시지를 신속하고 명확하게 전달할 수 있다는 것을 피부로 느꼈다. 이런 테스팅 작업은 뉴욕에 관광 온 중국인들이나 심지어 일본인들에게까지도 했다. 그리고 보면 웬만한 국가의 국민이나 다수의 민족들에게 거의 다 물어본 것 같다.

한국의 포털사이트는 한 화면에 콘텐츠가 많은 편인데 이것은 우리만의 인터넷 환경이다. 하지만 뉴요커들은 구글과 같은 간단한 디자인에 익숙하다. 그래서 이들을 상대로 홈페이지를 만들려면 반드시 테스팅 작업을 거쳐야 한다.

웹사이트에 대한 반응을 조사하기 위해 스위스에 있는 친구한테도 부탁을 했다. 대학원에 재학 중인 토마스라는 친구인데, '이러이러해서 월스트리트저널 유럽판에 광고를 내려고 한다'고 전화로 설명을 했다. 그러자 이 친구가 자기네 학교 교수와 학생들을 찾아다니며 1백 명 넘게 광고에 관한 테스팅을 실시해서 그 결과를 보내줬다. 기꺼이 도움을 준 그 친구가 그렇게 고마울 수 없었다.

이제 광고비를 마련해야 했다. 월스트리트저널의 광고비는 지난 뉴욕타임스보다는 조금 저렴했지만 그래도 개인이 지불하기에는 상당히 큰 액수였다. 내가 모아 두었던 돈이 조금 부족해 부모님과 누나들, 그리고 매형들에게 손을 벌려야 했다.

월스트리트저널 광고는 2005년 11월 21일 자로 나갔다. 이튿날 한국의 모든 언론에서 또다시 화제가 되었다.

2005년 11월 21일 월스트리트저널에 게재한 동해 광고. 뉴욕타임스에 첫 독도 광고를 낸 후 생각 이상으로 반응이 좋아 약 석 달 뒤에 게재한 광고다. 특히 이 광고는 우리 가족들이 십시일반 모아서 낸 '가족광고'이기도 하다.

'기업 뉴스' 면에 유일한 광고로 나가다 보니 눈에 아주 잘 띄었다. 세계적인 경제지 월스트리트저널에서도 가장 많이 보는 면은 A섹션이고 A섹션 중에서도 '기업 뉴스(Corporation News)' 면이 열독률이 가장 높다. 그 면에 유일하게 동해 광고가 실려 독자의 시선을 단번에 집중시킬 수 있었다. 월스트리트저널에 갔을 때 광고 담당자에게 부탁을 했던 기억이 났다.

"다른 광고 없이 우리 광고 하나만 넣어주면 좋겠다. 그래서 이 광고에 더 집중될 수 있으면 고맙겠다."

내 말대로 될 것이라 기대는 하지 않았지만 정말로 그렇게 나오니 너무나 기뻤다. 아마 광고 담당자가 나를 배려해 주었기 때문에 가능했을 것이다.

이때의 반응도 첫 번째와 비슷했다. 유럽에 신문이 보급되다 보니 프랑스 방송에서 인터뷰를 하자고 연락이 왔다. 독일에 사는 한 교민은 "우리 교민들이 힘을 모아서 이런 광고를 또 내보고 싶다. 광고 원본을 보내줄 수 있겠느냐."는 연락을 해오기도 했다. 그 외에도 파리, 런던, 로마 등지에서 연락을 많이 받았다. 필리핀 국적의 어떤 사업가가 내게 전화를 해왔다.

"필리핀에서도 한 번 이런 광고 열풍을 일으켜 보고 싶다."

그 후 이 사업가가 필리핀에서 의견광고 작업을 많이 한 걸로 알고 있다.

나는 이 같은 일련의 광고를 통해 한국인들의 저력을 실감했다. 또 한국 홍보뿐 아니라 전 세계에 흩어져 살고 있는 한민족의 힘을 모을 수 있다는 점에서 큰 의미와 보람을 느낄 수 있었다.

그런 자각을 할 수 있었던 2005년은 내 인생에서 가장 의미 있는 한 해로 기억에 남는다.

누가 그들의 눈물을 씻어줄 수 있을까

★ 2007년 3월 1일, 삼일절 88주년 기념식을 치른 날 신문을 보면서 또 속상한 일이 생겼다. 아베 신조 일본 총리가 일제의 군 위안부 동원에 강제성이 없었다는 취지의 망언을 했다. 노무현 전 대통령이 삼일절 기념식장에서 미래지향적 한일 관계를 위해 일본의 각성을 요구한 지 불과 몇 시간 후에 터져 나온 말이다.

일본 극우세력은 위안부에 대해 일본군이 개입한 증거가 없다는 입장을 늘 취해 왔다. 일본이 위안부의 존재를 인정하지 않자 제 3자인 미국인들까지 문제 제기를 했다. 미국 하원에서 제 2차 세계대전 당시 일본군의 위안부 강제 동원과 관련, 일본 정부에 공식적이고 분명한 시인 및 사과, 역사적 책임을 요구하는 결의안을 채택하기에 이른 것이다.

일본은 미국 하원의 일본군 위안부 결의안 채택을 막기 위해 총리보좌관을 미국에 보내고 워싱턴에 로비스트들을 총동원시켰다. 미 하원에서는 위안부로 끌려갔던 두 명의 한국인 할머니와 한 명의 네덜란드인 할머니를 처음으로 청문회 증인으로 참석시켰다.

아베 신조에 이어 몇 달 뒤에는 나카야마 문부장관의 망언이 잇따랐다. 교과서 검정작업을 총괄하는 문부과학성의 책임자인 그는 2005년에도 독도는 자기네 땅이라는 내용을 일본 교과서에 게재하라고 압력을 가했던 인물이다.

그는 "위안부가 전쟁터에 있는 불안정한 남자의 마음을 달래주고 일정한 휴식과 질서를 가져온 존재라면 자존심을 갖고 임할 수 있는 직업이었다고 할 수 있다."고 말했다. 아울러 "위안부도 돈을 많이 벌었다."는 망언을 서슴지 않았다.

남의 나라를 강제 합병하고 민족 말살 정책을 쓰면서 주변국 국민들을 엄청난 고통에 빠뜨린 일본이 위안부 강제 동원을 부인하며 손바닥으로 하늘을 가리려고 하는지, 피해 당사자는 물론 전 세계인을 향해 이렇게 기만을 할 수가 있는지, 이것이 과연 민주국가를 자처하는 세계 적인 경제대국의 진짜 모습인지 의심스러웠다.

나도 가만히 있을 수가 없었다. 이 문제를 세계에 공론화시켜 봐야겠다는 생각이 들었다. 매년 일본의 망언에 대해 울분을 느껴왔는데, 일본 총리가 위안부 강제 동원이 없었다고 부인하는 걸 보고 이제는 뭔가 일을 벌여 봐야겠다는 각오를 했다.

마침 미국 하원에서 '일본군 위안부 피해자 청문회'가 열린다고 하니 '이제 뭔가 되려나 보다.' 싶었다. 이 기회를 놓치고 싶지 않았다.

이 문제에 대해 오래 전부터 NGO(비정부기구), 수요 집회, 나눔의 집

그리고 정부에서도 많은 노력을 해왔다. 나는 나대로 그분들의 활동에 조금이나마 도움이 되고자 해외에서 효과적으로 알릴 수 있는 방법을 찾기 시작했다.

3월 26일 미 국무부에서 일본 정부에 대해 '범죄의 중대성을 인정하는 솔직하고 책임 있는 태도로 대처할 것'을 촉구했다. 이어 호주 총리의 발언이 뒤따랐고 캐나다, 독일 정부에서도 위안부 강제 동원에 대해 인정하고 사과하라는 말이 나왔다. 유럽연합에서도 위안부 문제에 대해 관심을 가지기 시작했다.

이제 미 하원의 청문회 결의안이 채택되게 하기 위해서는 이 문제를 세계적인 이슈로 부각시킬 필요가 있었다. 나는 뉴욕타임스와 월스트리트저널에 광고를 실어본 노하우를 살려 이번에는 워싱턴포스트에 또 다시 광고를 게재해야겠다고 마음먹었다.

마침 청문회도 워싱턴에서 열리니 시기와 장소도 안성맞춤이었다. 워싱턴포스트는 정치적 색채가 짙어 세계 정치인들이 가장 주목하는 신문이다. 또한 워싱턴은 세계 특파원이 가장 많이 파견되어 있는 곳이기도 하다. 이 신문에 광고를 내면 미 하원의 위안부 결의안 지지뿐만 아니라 결의안 통과에도 조금이나마 도움이 될 거라고 판단했다. 어떻게든 일본군 위안부의 존재를 전 세계에 알리고 싶었다.

광고의 배경으로는 위안부 피해자 중 청문회 증언에도 직접 나섰던 이용수 할머니 사진을 사용하기로 했다. 현재 위안부 피해자로 등록된 생존자 대부분이 모두 고령이 되어 내일을 기약할 수 없는 삶을 살고 계신다. 이용수 할머니는 1992년 1월 일본 총리의 방한을 앞두고 한국정

신대문제대책협의회가 서울 중학동 일본대사관 앞에서 시작한 '수요집회'에 지금까지 참석하고 있다. 광고에 들어갈 사진은 이용수 할머니가 미 하원 청문회에서 눈물을 흘리는 모습이다. 광고를 만들기 전에 먼저 할머니가 계신 나눔의 집에 직접 찾아갔다.

"일본이 부인하는 위안부 존재를 미국의 유명 신문에 광고를 내고 싶은데 할머니 사진을 사용해도 괜찮겠습니까?"

내 설명을 듣고 사무국장이 선뜻 승낙했다.

2007년 4월 17일 워싱턴포스트에 게재한 일본군 위안부 광고. 4월 26일 일본 아베 총리가 워싱턴을 방문한다는 얘기를 듣고 그에 앞서 미국 정가와 시민들에게 일본군 위안부 강제 동원에 대한 사실을 널리 알리고자 낸 광고다.

"좋은 일 하시는데 저희가 도와드려야죠. 사진은 언제든지 사용해도 괜찮습니다."

워싱턴포스트에서도 초상권 문제는 확실하게 허락을 받아야 한다고 했다. 그 다음으로 광고 문구가 결정됐다.

'일본 정부는 일본군 위안부 강제 동원 사실을 인정하고 세계인들 앞에서 진심으로 사과해야 한다'

그리고 할머니 사진 밑에는 '미 하원 청문회에서 증언하는 한 위안부 할머니의 모습'이라는 사진 설명을 달았다.

이번 광고 시안도 지난번처럼 외국인들을 상대로 사전 테스팅 작업을 했다. 뉴욕과 워싱턴에 유학 중인 한인 유학생들이 직접 나서서 주말마다 관광지나 공원, 학교에서 현지인들을 대상으로 광고 디자인 및 문구를 테스팅했다.

이번 광고 작업에서는 사선조사가 가장 중요했던 것 같다. 그래서 최대한 객관적인 광고를 만들 수 있었다고 생각한다. 이렇게 여러 사람들이 모여서 만든 광고는 내 개인의 의견이라기보다는 공동의 의견광고에 가깝다. 이 광고 제작에는 선후배를 비롯해 유학생, 네티즌들이 많이 참여했다.

진심으로 사과하는 날까지
이 일을 계속할 것이다

★ 광고 제작이 끝나자마자 워싱턴포스트에 시안을 제출했다. 그곳에서도 광고 심의에 들어갔는데 일주일이 걸릴 수도 있다고 했다. 그런데 다음날 바로 연락이 와서 광고 결정이 났다고 했다. 나는 '다음 세대를 위해(www.ForTheNextGeneration.com)' 홈페이지에 독도, 동해 외에 일본군 위안부 관련 자료까지 영문 자료로 업데이트시켰다.

지난 두 번의 광고로 알게 된 회사원, 의사, 교직원 등 28명의 네티즌들이 이번 광고비를 마련하는 데 도움을 주었다. 더 많이 내겠다는 분들도 있었지만 왠지 부담이 되기도 해서 "개인당 100달러 정도만 도와주시면 감사하겠습니다."라고 메일을 보냈더니 흔쾌히 응해주어서 2,800달러를 모을 수 있었고 나머지는 자비로 충당했다. 무엇보다 이번 광고는 많은 사람들이 참여한 '공동광고'라는 점에서 의미가 있었다.

이 광고는 2007년 4월 17일 화요일자, A섹션 2면에 게재됐다. 이 광고가 2면에 아주 좋은 위치에 게재되리라고는 예상하지 못했다.

광고 집행을 4월로 정한 것은 4월 말에 일본의 아베 총리가 미국을 방문하기로 되어 있었기 때문이다. 그가 미국에 발을 들여놓기 전에 여론 형성이 필요했다. 아베 총리는 분명 하원의원들을 만나 로비를 벌일 것이다. 작년에 이미 한 차례 미 하원에서 위안부 결의안이 1년 연기된 것도 일본의 로비 때문이었다고 들었다.

워싱턴포스트를 통해 미국 정계에 있는 오피니언 그룹에 호소해야겠다는 생각에서 더더욱 광고의 필요성을 느꼈다. 그런데 불행하게도 4월 16일에 버지니아 공대 총격 사건이 발생해 세상이 발칵 뒤집혔다. 이게 무슨 운명의 장난이란 말인가? 이 사건으로 인해 광고 효과가 묻혀 버릴까봐 노심초사했다.

다행히 2~3일 지난 후에 차츰 광고 효과가 나타나기 시작했다. 특히 학계 사람들이 신문을 보고 많은 반응을 보였다. 조지워싱턴대학의 한 교수가 광고를 보고 나서 수업 시간에 학생들끼리 토론을 하게 했고 위안부에 관련된 강의를 했다고 말해 주었다. 광고에 나온 영문 사이트의 자료를 복사해서 많이 참조를 했다면서 고맙다는 말을 덧붙였다.

워싱턴에는 세계적인 인권 단체 커뮤니티가 참 많다. 이들로부터도 '용기 있는 행동이다.', '광고를 보고 깊은 감명을 많이 받았다.'는 등의 격려 메일을 여러 차례 받았다. 워싱턴에는 아시아 커뮤니티도 많은데, 광고로 표현한 발상이 독특하다며 호응을 해줬다. 반면에 일본인 단체로부터는 항의전화와 이메일이 빗발쳤다.

"당신 사이트에 나와 있는 독도와 동해에 대한 자료는 근거도 없는 건

데 이걸 왜 실었나. 우리도 반박 광고를 내겠다."

한 일본인 교수는 한국인 통역을 옆에 두고 전화를 걸어왔다. 그 한국인은 이런 민감한 이야기인 줄 모르고 일본 교수가 통역을 원한다고 해서 아르바이트를 하겠다고 나선 학생이었다. 그는 나의 얘기를 옆에 있는 일본인에게 정확하게 잘 전달해 주겠다고 했다. 이렇게 해서 시작된 통화가 30분 넘게 이어졌다.

"어떤 식으로 이런 일을 해왔는지 모르겠지만 왜 당신은 이런 일을 계속하고 있느냐? 당신을 뒤에서 조종하는 사람이 있느냐? 미치지 않는 이상 제 돈 내고 이런 일을 왜 하느냐? 보통 광고를 내면 광고 낸 사람의 이름도 게재하는데 당신은 왜 당신을 감추느냐? 뭔가 수상한 냄새가 난다."

나는 차분하게 답변했다.

"사람을 고용해서 나의 뒷조사를 해도 상관없다. 나는 당신이 원하면 언제든지 만나서 얘기를 해줄 수 있다. 당신이야말로 혹시 일본 정부 소속이 아니냐?"

"아니다. 나는 교수로서 정치에 관심이 많은 사람이다. 당신, 이 일을 계속할 거냐?"

"일본이 인정하고 진심으로 사과하는 그날까지 계속 이 일을 할 작정이다."

다시 말하지만 광고를 하게 된 가장 큰 동기는 과거 일본이 저지른 인권 유린에 관해 아직도 진심어린 사과를 하지 않는 일본 정부를 만천하에 고발하기 위함이다.

이것은 한국과 일본 사이의 문제이기도 하지만 개인의 인권과 명예에 관계된 일이기도 하다. 그 수많은 생명들, 그 소중한 인생들을 짓밟아놓고, '일본이 강제 동원한 적이 없다, 위안부도 돈을 많이 벌었다'는 터무니없는 소리를 돌아가면서 하고 있으니 어찌 그럴 수 있단 말인가? 우리의 작은 행동이 위안부 할머니들의 인권과 명예 회복에 자그마한 보탬이 됐으면 하는 것이 내 바람이었다.

워싱턴포스트에 광고를 게재하면서 나는 또 한 번 좋은 경험을 했다. 무엇보다 이것을 단지 1회용으로 끝내서는 안 되겠다는 생각이 들었다. 함께 참여했던 후배들과 만나 이 문제에 대해 또다시 토론을 했다. 당시 시점에서 가장 중요한 게 미국 하원의 일본군 위안부 결의안 통과였다.

'결의안이 채택되려면 435명의 미 하원의원들의 마음을 움직여야 한다.'

우리는 또 다른 작업에 착수했다. 위안부 광고가 나갔던 워싱턴포스트와 위안부 관련 영문 자료를 '위안부 결의안 통과에 꼭 동참해 달라'는 호소문과 함께 동봉해서 미 하원의원 전원에게 우편으로 발송했다. 세계인들이 자주 들락거리는 글로벌 포털사이트와 각 나라의 대표 포털사이트에 들어가 위안부 광고와 함께 관련된 글과 자료들을 모두 올려놓았다. 세계인들의 여론을 환기시킬 필요가 있었다.

미주 민간단체들도 위안부 결의안 통과를 위해 동분서주했다. 뉴저지와 뉴욕의 한인 유권자센터 회원들은 미 의원들을 직접 찾아가서 사인을 받아내는 풀뿌리 운동을 펼쳐 큰 성과를 냈다.

수천 통의 편지가 만든
작은 기적

★ 내가 하는 일은 대한민국을 홍보하는 일이다. '대한민국 홍보'라는 사명이 시대적 이슈와 맞물려 자연스럽게 일본의 역사 왜곡을 세계에 널리 알리는 일에 동참하게 된 것이다. 이 일에 동참하면서 동북아시아 관련 역사를 다시금 되짚어 볼 수 있었던 좋은 계기가 되었다.

나는 동시대를 사는 세계의 젊은이들에게 일본의 역사 왜곡 문제를 정확하게 알리고 싶어서 인터넷을 이용해 홍보를 하기 시작했다. 우리가 진실에 눈을 감으면 바로 앞의 현실조차 볼 수 없다. 이것은 우리 모두의 현실이며, 일본에 의해 고통 받았던 역사다. 이 같은 뼈아픈 역사는 눈을 감아도 한국인들의 가슴 한구석에 응어리처럼 남아 있다.

워싱턴포스트에 광고가 나가고 5월부터는 더욱 적극적인 방식을 택하게 됐다. 미국 내 오피니언 리더를 총망라해서 위안부 결의안 채택의 중요성을 널리 알릴 계획이었다.

결의안 채택을 지지해 달라는 편지 한 통, 그리고 4월 17일자 워싱턴 포스트에 게재된 위안부 관련 의견광고, 위안부 관련 역사적 증거자료 등을 추가로 제작해서 대략 700여 명의 인사들에게 보냈다.

당시 대통령이었던 부시 내외를 비롯해 라이스 국무장관, 상원의원 전원, 민주당 대선 후보였던 오바마와 힐러리 의원, 낸시 펠로시 하원의 장, 51개 주 주지사 전원, 그리고 하원의원 전원이 포함됐다. 위안부 결의안 채택에 가장 큰 역할을 한 일본계 미국인 마이크 혼다 하원의원도 빠뜨릴 수 없었다.

언론사는 말할 것도 없었다. 워싱턴포스트, 뉴욕타임스, 월스트리트 저널 등 세계 유력 일간지는 물론 뉴스위크, 타임지 등 주간지 사장과 편집장, 각 부서의 데스크들에게도 자료를 발송했다. CNN, NBC, ABC 등 각 방송사의 사장과 편집장에게도 전달됐다.

국제기구 유엔의 각 부서장들 그리고 각 나라의 유엔 대사들에게는 모두 이메일을 보냈다. 우편물을 보내려면 돈이 너무 많이 들었기 때문이다. 우편물은 모두 1,100통이 넘었는데, 우편료만 약 1천만 원이 들었다.

학계도 놓칠 수 없어 미국 내 각 연구소 대표들과 동아시아 문제 및 역사를 연구하는 주요 대학 교수들에게도 발송했다. 미국을 대표하는 브루킹스 연구소와 아시아 관련 센터 연구위원들에게도 다 보냈다. 이들 수신자의 주소를 찾아내기 위해 웹사이트를 뒤지는 데에만 20명의 후배가 달라붙어 2주가 넘게 걸렸다. 수신자들의 주소는 활용가치가 있어서 책자를 하나 만들어 두었다. 결의안 채택을 지지해 달라는 편지의 주 내용은 이렇다.

5월말에 일본군 위안부 결의안이 꼭 통과될 수 있도록 모든 하원의 원뿐만 아니라 상원의원, 미국 정부 및 언론인, 학계, 시민단체 모두가 동참해 주길 바란다. 특히 민주주의의 진정한 가치를 다시 한 번 실현, 확인할 수 있도록 위안부 할머니들의 인권 회복을 위해 더욱 더 노력해 줘 좋은 선례를 만들어 주길 바란다. 미국은 현대 민주주의에 가장 앞서가는 나라 아닌가. 진정한 민주주의의 모습을 세계인들 앞에서 재확인시켜 주길 부탁드린다.

영문 편지 전문

Hello. My name is Seo Kyoung-duk, and I am currently studying for my doctoral degree at Korea University.

As a member of the world community, I believe that the submission of the Comfort Women resolution by the US House of Representatives, which leads world democracy and highly values human rights, is greatly meaningful.

However, Prime Minister Abe refused to give a sincere apology on April 26, during his visit to the US. Also, the Japanese government and politicians have completely denied for decades that the Japanese military coerced women into sexual slavery.

I believe that an honest and brave stance towards the past is most necessary to the Japanese government before it claims that Japan is a global nation. Only when Japan succeeds to do so, will it become a responsible member of the international Community with a status equivalent to its economic success.

I spent the money, which I saved for several years by working at numerous part time jobs, in order to publish my opinion on the Washington Post concerning Japanese Military Comfort Women. The opinion was published on April 17, and was the first of its kind on this issue. I wanted my efforts, small as it may be, to contribute to the passing of the US House resolution, and hoped that it would help the victims throughout the world in recovering their human rights through the sincere apology of the Japanese government.

It is my wish that the US House resolution on Comfort Women coerced by the Japanese military will be passed at the end of May, and that the Japanese government admits the Japanese military's coercion of Comfort Women, an atrocity committed in the past which violated human rights, and makes a sincere apology to the world and mankind. I look forward to Japan making joint efforts for the peace and future of Northeast Asia.

I sincerely hope that the Senate members, the US government and media, civic groups as well as the House representatives will all take part so that the Comfort Women resolution is passed. Also, I hope that this will serve as a good opportunity to reconfirm the values of democracy for global human rights.

Thank you.

Seo Kyoung-duk (mulitul@hanmail.net)

미 하원의 위안부 결의안 채택 시기가 다가오자 결의안 채택 저지 활동에 앞장서 온 일본계인 민주당의 대니얼 이노우에 하와이주 상원의원과 가토 료조 주미 일본 대사가 전면에 나섰다.

이노우에 의원은 '위안부 문제는 일본 정부의 과거 사과와 배상으로 이미 매듭지어진 것으로 결의안이 통과될 경우 미일 관계가 위태로워질 것'이라는 내용의 성명서를 상원에 제출했다. 결의안을 낸 마이클 혼다 의원에게도 같은 내용의 서한을 보내기도 했다. 이노우에 의원은 또 낸시 펠로시 하원의장, 스테니 호이어 원내 대표 등 민주당 지도부에 일일이 전화를 걸어 결의안 상정을 하지 말 것을 부탁했다. 가토 료조 주미 일본 대사는 톰 랜토스 하원 외교위원장 부부를 초청해 다도 설명회를 열고 로비를 벌였다.

그 소식을 듣고 나는 위안부 결의안의 당위성을 증명하는 구체적인 자료를 준비해서 이노우에 의원에게 직접 보냈다. 위안부 할머니들이 생활하는 나눔의 집에서 받았던 자료를 첨부하기도 했다.

'결의안이 통과되면 미일 관계에 악영향을 미칠 거라고 하는데, 위안부 문제는 미일 관계와 전혀 상관없는 인권 회복에 대한 문제다. 일본은 생각에 대한 시발점이 틀리다. 일본이 민주주의 국가로 거듭 나려면 이 일을 절대 간과해서는 안 된다.'

이런 내용의 서한을 보냈는데 답장은 오지 않았다. 얼마 후 미 하원 결의안이 또 연기된다는 소식을 들었다. 이러다가 또 흐지부지되는 거 아닌가 하는 걱정이 들었다.

하지만 우리 동포들은 또 하나의 큰 기적을 만들었다. 워싱턴 한인사회에서 기금을 마련해 워싱턴포스트 4월 26일자에 전면광고를 낸 것이다. 며칠 후 뉴욕의 한인들도 조용히 있을 수 없다며 뉴욕타임스에 전면광고를 실었다. 우리 재외동포들의 저력을 다시 한 번 느낄 수 있었던 사건이었다.

부시 전 대통령을 비롯해 라이스 국무장관, 상하원의원 전원, 51개 주지사 전원, 주요 언론사 편집장 등에게 '민주주의 가치가 위안부 할머니들의 인권회복을 위해 다시 한 번 재확인될 수 있는 좋은 선례를 만들어 달라'는 내용의 편지를 약 700여 통 보냈다.

세계 여론을 환기시키는 힘

★ 일본 의원 45명과 교수, 정치평론가, 언론인 14명이 '일본군 위안부 동원에 일본 정부나 군대가 개입하지 않았다.'라고 주장하는 반박 광고가 5월 14일자 워싱턴포스트에 게재됐다.

이 광고가 나가자 미 하원의원들이 격분했다. 위안부 결의안을 제출한 마이크 혼다 의원은 '세계가 다 아는 사실을 부인하는 것'이라며 되받아쳤다. 어쩌면 흐지부지 될 수 있었을지도 모를 일에 일본의 광고가 오히려 불을 지핀 결과가 됐다.

워싱턴포스트에 게재된 일본 측 광고를 보면서 그동안 일부 우익 세력들이 펼쳐온 물밑 로비가 이제 본격화된다는 느낌을 받았다. 일본이 낸 광고는 미 하원의원을 자극시키는 계기가 되어 결의안 통과를 오히려 더 순조롭게 만드는 아이러니가 됐다.

이 사람들이 도대체 무슨 생각으로 이런 광고를 냈을까?

생각 끝에 알고 지내던 일본인 친구를 서울 시내 포장마차에서 만나서 물어봤다. 이 친구는 한국에 온 지 5년이 됐는데 한국말도 아주 잘한다.

"너한테 물어보고 싶은 게 있다. 넌 이런 광고를 낸 일본인들에 대해서 어떻게 생각하느냐? 그리고 너는 이 문제에 대해 알고 있는가?"

그가 일본 광고를 한참 들여다보더니 입을 열었다.

"일본에 있을 때는 이런 것들에 대해서 정확히 배운 기억이 없다. 독도도 몰랐고 일본에서 말하는 다케시마가 어디 있는 건지도 정말 몰랐다. 한국에 들어와서 처음 들었다."

"나는 이 문제를 따지려고 그러는 게 아니다. 평범한 일본 시민들은 어떻게 생각하고 있는지 알고 싶어서 물어봤을 뿐이다."

그렇게 말은 했지만 내심 충격이었다. 일본 우익은 어떻게 자국민들조차 잘 모르는 이런 어처구니없는 내용을 광고로 낼 수 있는지 어이가 없었다. 일본이 어떤 자료를 갖고, 어떤 교육을 하는지 정확히는 모르겠지만 그들에게 제대로 된 자료들을 보여줘야 할 필요가 있었다.

나는 지난번 미국에 보냈던 편지와 자료들을 다시 제작했다. 이번에는 아베 총리, 일본의 모든 국회의원, 각 정부기관, 언론사, 대학 연구소 등 일본 내 오피니언 리더들에게 약 800통의 우편물을 보냈다.

일본 우익 세력들이 주장하는 광고 내용의 모순점을 지적해 바로잡아서 알렸다. 일본군 위안부 강제 동원이 사실이었다는 역사적 증거 자료인 사진과 영문 자료를 함께 동봉했다. 아울러 나의 존재를 밝히고 일본군 위안부에 관해 더 자세한 사항을 알고 싶다면 웹사이트 '다음 세대를 위해(www.ForTheNextGeneration.com)' 사이트에 들어가서 다

시급 확인하라고 했다. 내 심정도 간략하게 언급했다.

"이건 너희와 싸우겠다는 의도가 아니다. 너희가 인정할 것은 인정해라. 한국의 젊은이들은 너희와 함께 동북아시아의 미래를 위해 좋은 관계를 만들고 싶다. 그러기 위해선 과거사 정리가 필요하지 않겠나? 그래야 미래를 함께할 수 있다."

그러나 일본으로부터는 한 통의 답장도 받아보지 못했다. 나는 이 일을 진행하면서 일본에 대해 좀 더 많은 것을 알게 됐다. 이 일을 시작할 때부터 중요하게 생각했던 부분은 위안부 문제를 인권 차원에서 접근했다는 점이다.

일본의 광고가 나간 후 톰 랜토스 미 하원 외교위원회 위원장의 인터뷰 기사가 나왔다. 그 동안 연기됐던 위안부 채택 결의안을 외교위원회 본회의에 상정할 것이라는 내용이었다. '정말 잘 됐다. 바로 이때다!' 하는 생각이 들었다.

435명의 미 하원의원 전원에게 간절한 마음으로 다시 서한을 보냈다. 일본 우익 세력들의 광고가 역사적 사실을 왜곡했다는 걸 강조하고 민주주의 가치를 한 번 더 역설하면서 이번만큼은 꼭 통과가 되어야 한다는 내용이었다. 답장을 보내준 분들도 있었다. 유엔 인권관련 부서 직원과 버지니아 주지사로부터도 서신을 받았다.

프린스턴대학교 한 교수는 "편지 잘 받았다. 알고는 있었지만 관심을 갖지는 못했었다. 앞으로 위안부 문제에 관한 일에 더 귀를 기울이겠다."는 답장을 보내줬다. 이런 한 통, 한 통의 답신들이 나에게는 큰 힘이 됐다. 내가 광고를 낸 후 뉴욕의 한 교포사업가로부터 연락이 왔다.

"워싱턴포스트 광고를 잘 봤다. 당신한테 어떻게 도움이 됐으면 좋겠냐? 혹시 필요한 비용이 있다면 부담 갖지 말고 말해 봐라."

그 무렵 여러 군데 편지를 발송하느라 비용이 많이 들었는데, 이분이 5천 달러를 보내줘서 큰 도움이 됐다. 이분은 1만 달러를 더 보내준다고도 했지만 정중히 사양했다.

네티즌들의 도움도 컸다. 52명이 400만 원 이상의 모금액을 전해 주었다. 힘이 절로 났다.

드디어 6월 26일, 미국 하원 외교위원회에서 39 대 2로 상정안이 통과가 됐고, 7월 30일에는 미국 하원 본회의에 상정되어 표결 처리를 남

일본우익세력에 위안부 관련 편지 보낸 서경덕씨

연합뉴스 기사입력 2007-06-21 15:14

(서울=연합뉴스) 황길환 기자 = 지난달 위안부 결의안 채택지지를 호소하는 우편물을 미국 내 주요 인사 7000여 명에게 보냈던 서경덕씨가 이번에는 워싱턴포스트에 '진실'이란 제목의 광고를 낸 일본 우익 세력에게 광고 내용을 바로 잡아달라는 내용의 편지를 보냈다. << 한민족뉴스 기사참조 >>/2007-06-21 15:14:25/

일본의 모든 국회의원, 아베 총리 및 정부기관, 언론사, 대학 연구소 등에 일본 우익세력이 잘못 주장하는 워싱턴포스트 광고의 내용을 바로 잡아주고, 일본군 위안부 강제 동원이 사실이었다는 역사적 증거 자료를 제시하면서 국제사회에 진심으로 사과하라는 내용의 편지를 약 800여 통 보냈다.

겨 두고 있었다.

최종 결정이 임박한 분위기가 되자 국내외의 중소기업에서도 도와주
겠다고 연락이 많이 왔다. 광고는 이미 한 번 했기 때문에 그보다는 이
제 세계 각 나라의 정부와 국회 홈페이지 게시판에 글을 남기는 게 중요
했다. 나는 150여 개국의 홈페이지 게시판을 일일이 찾아서 일본 위안
부 강제 동원의 문제를 전 세계에 알렸다.

지구촌은 인류 공동체이다. 일본군 위안부 문제의 공동체적 진실이 왜
곡된다는 점에서 제대로 알리는 게 중요했다. 세계적인 포털사이트에도
계속해서 글을 올려 세계 젊은이들에게 더 많이 알리려고 노력했다.

진실의 힘은 분명히 존재한다. 내가 이 진실을 느끼지 못했다면 광고
와 호소문 발송 등의 방법을 쓸 수 없었을 것이다. 나와 함께 10여 일 동
안 작업을 한 후배들이 무척 고생을 했고 늘 고마웠다.

최종적으로 위안부 결의안이 통과되는 것을 보고 나는 한국으로 돌아
왔다. 결의안은 법적 구속력이나 강제성은 없다. 하지만 미국 하원에서
통과가 됐다는 건 큰 의미가 있다. 결의안 통과는 우리가 앞으로 해야
하는 일의 신호탄이나 다름없다고 생각했다.

일본 정부가 캐나다 연방총리에게 '위안부 피해자들에게 이미 할 만
큼 했다.'며 결의안 채택을 막아 달라고 요청한 편지가 있었음도 불구
하고 캐나다는 성명서를 촉구했다. 이전에 호주 총리도 위안부 문제를
거론했고, 유럽연합에서도 위안부 결의안이 통과됐다. 나아가 유엔 인
권위원회에 상정되게 하는 데 조금이나마 보탬이 될 수 있도록 더 노력
해야겠다는 각오를 다졌다.

중국의 동북공정을
만천하에 알리다

★ 일본의 역사 왜곡 문제만큼 심각한 것이 바로 중국의 동북공정 관련 이슈이다. 일부 중국 네티즌들이 고구려 카페를 결성해 한국을 조직적으로 비난하면서 한류의 열기가 사라지고 반한류의 기류가 생겨나기도 했다. 북경 올림픽을 전후해서는 혐한족들이 인터넷을 통해 등장했다. 중국 언론에서 동북공정에 대해 보도를 하지 않는 것은 어쩌면 당연한 일이었다.

중국이 티벳의 고대 역사를 자국의 역사에 편입시키려는 서남공정에 대해 티벳은 독립운동으로 저항하고 있다. 신장 위구르 지역의 독립운동에 대한 억압도 마찬가지다. 그런데 우리는 합법적인 국가기관이 있어도 양국 간 외교 현안에서 제대로 다뤄지지 않고 있다. 동북공정처럼 역사를 왜곡하는 것은 침략과 다를 바 없다는 생각이 들었다. 그래서 나는 또 무언가를 준비하기 시작했다.

2008년 2월 11일자 뉴욕타임스 18면에 고구려가 한국의 역사임을 알리는 광고를 게재했다. 이 광고는 '고구려'라는 제목으로 412년 당시 고구려가 만주를 차지하고 있는 한반도 주변 지도와 함께 '고구려는 의심의 여지가 없는 한국 역사의 일부분이다. 중국 정부는 이 사실을 인정해야만 한다.'는 내용을 담았다.

이 광고가 나가고 역시 후폭풍에 시달렸다. 나는 항의전화를 통해 원색적인 욕설을 수도 없이 들었다. 그런 비방에 대해 맞대응하는 것은 똑같은 사람밖에 되지 않는다고 생각해서 대응을 자제했지만 당혹스러운 감정은 어쩔 수 없었다.

내가 수화기를 들면 내 이름을 확인하는 순간, 욕만 퍼붓고는 전화를 끊는 사람들도 많았다. 나에게 따지는 사람에겐 항상 홈페이지를 먼저 읽어 본 후에 따지라고 말해줬다. 그러면 대개 몇 마디 더 하려다가 할 얘기가 없어서 저쪽에서 먼저 전화를 끊어버린다.

뉴욕타임스에 '고구려'라는 타이틀의 박스 광고를 냈던 의도는 너무나 간단명료하다. 바로 한국 고대사를 중국 역사로 만드는 중국의 동북공정의 넌센스를 만천하에 알리기 위함이었다.

중국은 동북공정이 포함된 중화문명 미래공정을 통해 21세기 강대국 진입을 꿈꾸고 있다. 그 과정에서 교묘하게 역사 왜곡이 이루어지고 있는 것이다. 홍보의 관점에서 보면 상당히 커다란 국가적 차원의 프로젝트인 것이다.

우리가 비난한다고 해서 중국이 역사 왜곡 작업을 멈추지는 않을 것이다. 이런 시점에서 내가 과학적인 학술연구로 중국을 반박하고자 하는 것도 아니고, 저널리스트처럼 이를 집요하게 추적해 그 허실을 알리자는 것도 아니다. 난 단지 홍보 전문가로서 동북아시아의 평화와 번영을 위해 중국도 역사 왜곡을 멈추고 앞으로 함께 더 큰 미래를 만들어나가자고 제안을 했을 뿐이다.

나의 이런 행동에 대해 국제전화를 걸어 항의했던 중국인이나 일본인들은 자기네 입장에서 따지고 싶었을 것이다. 그러나 나는 그들과 다르다고 말하고 싶다. 나는 오래 전부터 준비된 계획을 행동에 옮겼을 뿐이다. 한국인들이라면 대부분 나와 비슷한 생각일 것이다. 역사 왜곡의 현실을 대할 때 비판으로만 끝나지 않고 행동으로 나섰던 것뿐이다.

그러기까지 나는 동북아 세 나라의 역사에 대해 공부하며 확고한 판단과 보는 안목이 생겨났다. 또한 내 몸 속에 흐르는 한국인의 유전자가 우리의 역사와 문화가 중국식 패권주의에 의해 왜곡당하는 것을 가만히 바라만 보고 있을 순 없었다. 한국의 동해를 일본해라는 이름으로 덮어씌운 채 독도를 넘보려는 일본의 잔꾀에 넘어갈 이유도 없었다.

나의 도전의식은 지난 십여 년간 끊이지 않고 진행되어 왔다. 역사 왜곡에 대한 이런 도전들이 내가 추구하는 인생 도전의 일부에 불과할지 모른다.

나는 대학교 2학년 때부터 지금까지 5대양 6대주 약 200여 개 도시를 다니며 갖가지 재밌는 방법으로 한국 문화를 널리 알린 소중한 경험이 있다. 이렇게 '한국 홍보 전문가'를 자처하며 살아온 나를 두고 어떤 이는 '괴짜'라고 볼 수도 있고 '정말 대단한 사람이다'라는 시각으로 보는 사람들도 있다. 남이 등 떠밀어서 하는 것도 아니고 내 스스로 시간과 돈을 써가며 한국을 홍보하고 있으니 의아한 시선으로 바라보는 것이 어떻게 보면 당연했다. 사람들이 온갖 추측으로 궁금증을 가질 만도 했다. 그 궁금증은 대개 이런 내용들이다.

"세계를 다니면서 개인이 어떻게 한국 홍보를 한다는 것인가?"

"돈은 어디서 생기며 어떻게 먹고 사나?"

나는 지난 15년간 한 길만을 걸어왔다. 사람마다 삶의 방식이 다르고 가는 길이 다르듯 나에게는 스스로 개척해 온 인생이 있고, 또 앞으로 개척해 나가야 할 인생이 있다. 누가 봐도 내 인생이 보통 사람들처럼 평범한 것은 아니다. 그렇다고 내가 남들보다 특별한 능력을 가지고 있는 것도 아니다.

나는 사람들과 어울리기를 무척 좋아하고 새로운 일을 스스로 잘 벌이는 성격이다. 사주에 역마살을 타고 났는지 무슨 일만 생기면 외국을 이웃집 나들이하듯 들락거렸다. 마치 돌아다니기 위해 일을 만드는 사람처럼 말이다. 그 일이란 것도 남들 다 하는 것 말고 나만의 독창적인 아이디어로 펼칠 수 있는 일을 찾기 위해 나는 늘 머리를 싸매고 다녔다. 기획을 하고 그것을 실천하기 위해 분주하게 움직이는 그 시간이 내겐 성취감과 자아실현의 순간들이었다. 곰곰 생각해 보면 일을 만들기 좋아하는 성격은 내 유년시절과 학창시절에 시작된 것이 아닌가 싶다.

2008년 2월 11일 뉴욕타임스에 게재한 고구려 광고. 이 광고는 중국의 동북공정에 맞서기 위해 '고구려' 가
한국 역사의 일부분이라는 사실을 세계인들에게 널리 알리고자 낸 것이다.

우리나라의 가장 위대한 문화유산은 무엇일까? 세계 최초 금속활자 인쇄본 직지심경, 조선시대 백자 달항아리 등 수없이 많지만 그 중에서도 으뜸인 것은 역시 우리의 '한글'이다. 한글은 구성 원리나 창제 동기 등을 알면 특히 더 찬란하게 보인다. 세계 문화·과학기구에서는 한글이 얼마나 과학적이고 훌륭한지 극찬하고 있다. 세계적인 언어학자들은 한글을 '인류의 위대한 지적 성취'라고 말한다. 이처럼 자랑스러운 한글을 전 세계에 알려야겠다고 생각했다.

7장

한국문화 세계 전파 프로젝트

한국은 있지만 한국어가 없다?

★ 세계 유명 일간지에 광고를 게재하면서 내게 많은 변화와 일들이 생겼다. 타임캡슐이나 월드컵 잔디재킷 홍보 때와는 비교가 안 될 정도로 많은 관심을 받았다. 그럴수록 내게는 점점 국가 홍보에 대한 사명감이 타올랐다.

일을 벌이면 벌일수록 새로운 자신감이 생겨 자꾸만 일을 벌이게 된다고나 할까. 한글과 한국어 전파 프로젝트도 그 일환이라고 볼 수 있다. 나는 한국에 있을 때나 해외에 나가서나 외국인들을 만나면 이런 질문을 종종 한다.

"지금 서울에서 네다섯 시간밖에 머물 수 없다. 딱 한 곳에 가볼 수 있다면 당신은 뭘 보겠나?"

그러면 이들의 대답은 어떨까? 대부분이 "박물관에 가겠다."고 대답한다. 그래야 한국의 역사와 문화, 한국인들의 생활을 알 수 있지 않겠느냐는 것이다.

여행자들에게 박물관은 1순위의 관광 코스다. 나도 세계의 유명 도시를 다니면서 체류 일정에 관계없이 그 나라를 대표하는 주요 박물관과 미술관은 빠뜨리지 않고 돌아보았다. 박물관이나 미술관은 그 나라의 역사와 문화를 이해하는 가장 신속하고도 중요한 수단이기 때문이다. 각 나라마다 주요 박물관이나 미술관에 많은 투자를 하는 것도 이런 이유에서다.

내가 외국의 유명 박물관과 미술관을 다니면서 공통적으로 느낀 것은 한국어 서비스가 되지 않는다는 것에 대한 아쉬움이었다. 웬만한 나라의 언어들은 다 지원이 되는데 유독 한글 안내서는 거의 없고 한국어 음성 서비스도 지원되지 않았다.

'한국인 관광객들은 이렇게 많은데 왜 한국어 서비스는 지원되지 않을까?'

여행은 또 다른 자신을 발견하는 일이다. 여행지에서 박물관과 미술관을 관람하는 것은 단순한 눈요기만이 아니라 또 다른 세계를 경험하는 창조의 시간이다. 외국의 박물관이나 미술관 관람을 통해 문화의 보편적 가치를 공유하는 것은 궁극적으로 삶의 질을 향상시킨다.

언어장벽에 막혀 눈으로만 둘러보는 여행은 문화 체험이 아니라 나들이에 불과하다. 해외 박물관에서 한국어 음성 서비스가 이루어진다면 수박 겉핥기식이 아니라 깊이 있는 문화 체험이 가능하지 않을까? 한국어 서비스 존재 유무는 한국인들에게는 긍지와 자부심을 느끼게 할 것이며, 세계인들에게는 한국어에 대한 새로운 인식을 심는 계기가 될 것이다.

내가 이런 걸 절실히 느꼈던 것은 대학 3학년 때 유럽 배낭여행 갔을 때다. 유럽 친구들을 만나 한국을 소개하는데 충격적인 이야기를 들었다.

"한국말이 있다는 사실이 너무 놀랍다."

"이럴 수가……"

우리나라에 고유 언어가 있다는 걸 모르고 있는 세계인들이 많다는 사실은 그만큼 우리나라의 존재감이 약하다는 의미다.

"우리나라가 이 정도밖에 안 되나……"

얼굴이 화끈 달아올랐다. 뭐라고 표현하기 어려운 억울함과 자괴감이 여러 날 동안 지워지지 않았다. '이거 안 되겠다, 한탄만 하지 말고 뭔가 해봐야겠다.'는 생각이 들었다.

외국의 어느 박물관에 가도 한국 관람객이 손꼽힐 정도로 많은데 한국어 서비스가 되지 않는다는 것은 뭔가 공평치 못한 것 같았다. 그래서 한 번은 박물관 담당자를 찾아가 그런 이야기를 전했다. 그랬더니 그는 "한국인들이 많이 찾아와서 감사하게 생각한다."며 "아직 자체 회의에서 한국어 음성 서비스나 안내서를 만들자는 말이 나오지 않고 있다."고 말했다.

그 이유가 뭘까? 아무래도 우리의 국가 브랜드 인지도가 낮아서 그런 대접을 받는 것 같았다. 이것이 세계 속의 한국의 위상이란 말인가. 우리나라가 경제력이나 무역량이 세계 10위권이라고 해도 국제적 위상이 약하면 그만큼의 대접을 받지 못한다. 언어가 아무리 과학적이라고 해도 알아주는 사람이 없다면 세계인과 상호 교감을 나누기 어렵다.

한글은 세계의 그 어느 언어보다 우수한 문자다. 현존하는 문자 중에서 가장 많은 발음을 표기할 수 있을 뿐 아니라 소리와 발음기관이 완벽한 연관성을 갖고 있는 과학적인 문자다. 이런 점 때문에 세계 문화유산으로 지정되었고, 최근에는 고유어가 없는 동남아 국가들에 한글이 수출되고 있다고 한다.

우리가 세계에서 정보통신 강국이 된 것 또한 한글의 우수성과 편리성 덕이 크다. 4만자가 넘는 한자를 영어 알파벳 소리에 따라 일일이 자판에 입력해야 하는 글자에 비해 한글은 단 24개 문자의 조합으로 약 8,000음의 소리를 낼 수 있다.

이런 실용적인 이유로 한민족이 아님에도 불구하고 지구촌에서 한국어에 대한 수요가 갈수록 확대되고 있다. 외국인에 대한 한국어 보급은 언어뿐 아니라 우리의 문화와 역사 등 한국에 대한 이해와 공감대를 넓힐 수 있다는 점에서 의미가 크다.

미국이나 유럽의 유명 박물관이나 미술관에 가보면 영어, 스페인어, 이탈리아어, 독일어, 중국어, 일본어 등 6개 언어는 거의 옵션처럼 따라다닌다. 나는 '이제 7번은 한국어다!' 라는 각오를 다졌다.

뉴욕 메트로폴리탄 박물관을 공략하라

★ 본격적으로 행동으로 옮기게 된 것은 내가 독도 광고와 동해 광고 일로 뉴욕에 있을 때다. 뉴욕은 세계적으로 가장 많은 관광객이 몰려드는 문화 예술의 중심도시다. 그렇다면 여기서 먼저 한국어의 위상을 알리는 일을 시작하는 것이 의미 있을 것으로 보였다.

이 계획을 실행하고자 뉴욕 메트로폴리탄 박물관에 여러 차례 전화를 걸어봤다. 담당 직원을 찾는 데도 한참 애를 먹었다. 마치 숨은 그림 찾기라도 하듯 이리저리 전화를 돌린 끝에 담당 디렉터와 만날 약속을 잡을 수 있었다.

메트로폴리탄 박물관에는 10개국의 언어로 된 다양한 안내서가 준비되어 있었고 그 중에는 한글로 된 것도 있었다. 그러나 한국어 오디오 서비스는 되어 있지 않았다. 한국어는 왜 서비스가 안 될까 궁금해서 담당 디렉터에게 물었더니 그는 "오디오 서비스는 박물관 자체 예산으로 하는 경우와 해당국의 지원을 받아 하는 경우가 있다."고 설명해 주었다. 그러면서 그는 다음과 같이 덧붙였다.

"한국어 오디오 서비스가 지원되려면 거기에 들어가는 비용이 필요하다. 당신이 그 돈을 지불할 것인가?"

나는 자신 있게 목에 힘을 주며 말했다.

"내가 마련할 테니 걱정하지 않아도 된다."

담당 직원이 내 이름을 물었다.

"내 이름은 서경덕인데, 이 일은 개인 서경덕이 하는 것이 아니다."

담당 직원은 의심스러웠는지 고개를 갸우뚱거리면서 다시 물었다.

"그러면 누구 이름으로 계약을 할 거냐?"

"계약은 내 이름으로 하는데, 먼저 계약을 하고 나서 그 후에 스폰서를 구하러 다닐 예정이다."

내 말이 끝나자 담당 직원은 황당하다는 표정을 지었다. 스폰서가 계약을 하자는 게 아니고 지금부터 돈을 모은다고 하는데 이걸 믿고 계약을 해줘야 하나 말아야 하나 하는 표정이었다. 그러더니 자기네들도 회의를 해보겠다고 했다.

다음날 그 담당자에게 이메일을 보냈다.

"나는 한국의 문화와 역사를 세계에 알리는 일을 하는 사람이기 때문에 이런 일을 자청해서 하는 것이다. 믿지 못할 사람이 아니니 걱정하지 마라. 계약서를 주면 반드시 거기에 맞는 비용을 구해 와 한국어 음성 서비스를 실현시키고 싶다."

며칠이 지나도 답장이 날아오지 않았다. 마음속에서 갈등이 생겼다.

'아니, 이 사람들이 날 정말 못 믿는 건가? 다시 찾아가야 되나 말아야 되나.'

고민하고 있는 사이 1주일이 지났고, 그때서야 연락이 왔다.

"우리가 내부적으로 회의를 했는데, 당신을 믿고 계약서를 써주기로 했다."

"그런데 답신이 왜 이렇게 늦었나?"

"늦은 게 아니다. 내부적으로 회의를 거쳐 결정하느라 이제야 연락을 하게 하게 된 것이다."

그 후 계약서가 집으로 도착했다. 계약서는 총 3장이었는데 받는 순간 너무나 기뻤다. 스폰서 비용은 뉴욕 내에서 한번 해결해 보고자 다짐했다.

이 일을 벌인 것은 나 나름대로 자신이 있었기 때문이다. 뉴욕에서 성공한 한인 사업가나 미국에 진출해 있는 대기업들을 찾아가 사정을 얘기하면 잘 될 것이라고 생각했다. 그런데 생각만큼 쉽지가 않았다.

뉴욕에서 한 사업가를 만나 사정 이야기를 했다.

"뉴욕 내 한국인의 위상이 올라가고 있는데 이에 걸맞게 문화적인 위상도 높아져야 되지 않겠습니까? 이번에 한 번 도와주시면 감사하겠습니다."

"많은 한국인들이 돈을 내고 박물관에 들어가서 관람을 하는데 이젠 무료로 한국어 서비스를 해줘야 되지 않겠느냐고 박물관 측에 얘길 하는 게 낫지 않을까요?"

내가 만난 대부분의 한인들은 이런 생각을 갖고 있었다. 물론 틀린 말은 아니다. 내가 이런 사정을 모르고 찾아갔던 것도 아니다.

나는 이렇게 대답했다.

"우리나라가 아직까지 그만한 국가적인 브랜드 파워가 없는 게 현실 아닙니까? 우리가 박물관 측에 일단 후원을 해주고 나서 더 큰 소리를 내는 것도 좋지 않을까요?"

메트로폴리탄 박물관 한국어 서비스 협찬을 위해 내가 만난 기업가들은 뉴욕 한인회장을 비롯해 성공한 한인 사업가, 한국 기업의 뉴욕지사 담당자 등 20여 명이 넘었다. 이분들 연락처를 알아내는 데는 독도와 동해 광고를 통해 알게 된 신문사 특파원의 도움이 컸다.

협찬 차 만난 기업가들은 내가 하는 일에 대해 호감을 보였다.

"젊은 분이 아주 좋은 일을 하는군요."

"정말 대단한 일을 하십니다. 어떻게 개인이 이런 생각을 하게 됐습니까?"

나는 막연한 기대를 했지만 즉석에서 답은 나오지 않았다. 그들은 한결같이 "생각해 보겠다."며 여운을 남겼다. 물론 비용도 만만치 않았기에 쉽게 결정할 일은 아니었다.

5개월 동안 뛰어다닌 끝에 뉴욕 메트로폴리탄 박물관에 한국어 음성 서비스를 유치하게 됐다. 자국어로 세계적인 작품에 관한 설명을 듣는 것은 깊이 있는 문화 체험에 도움이 될 뿐만 아니라 국가에 대한 자부심을 갖게 된다는 점에서 의미가 크다.

한국어로
국가 브랜드 가치를 높여라

★ 시간은 계속 흘러갔고, 마음이 조급해지기 시작했다. 계약 날짜가 점점 다가오면서 뉴욕에 있는 한인들에게만 부탁을 해서는 안 되겠다는 생각이 들었다.

KBS TV에서 방영됐던 〈한민족 리포트〉가 떠올랐다. 인터넷에서 다시 보기를 한 후 미국에서 성공한 한인들의 리스트를 뽑았다. 이 리스트를 들고 미국 전역을 돌아다녔다. 휴스턴, 실리콘밸리, 디트로이트, 올랜도, 시카고, 로스앤젤레스, 시애틀 등 대도시란 대도시는 모조리 돌았다. 그분들의 이야기도 비슷했다.

"젊은이가 참 좋은 일 하는데…… . 뉴욕에서 도와주실 분을 찾는 게 더 좋지 않을까요? 나는 이 지역에서 정착해서 사업을 하고 있으니까, 뭔가 하더라도 이 지역에서 해보고 싶군요. 서경덕 씨가 이쪽에서 뭔가 하고 싶은 것이 있다면 그때 다시 나를 찾아오시죠."

나는 점점 조바심이 났다. 박물관과 약속을 해놓고 못 지키면 나 개인뿐 아니라 우리나라의 이미지에도 타격을 입을 것이다. 그때 어떤 분이 내게 좋은 아이디어를 제공했다.

"한인 라디오 방송에서 모금 운동을 해보는 게 어떻겠습니까?"

이야기를 듣는 순간 귀가 번쩍 열렸다. 이 라디오 방송은 한인사회에서는 너무나 잘 알려진 매체였기 때문이다.

'라디오 청취자들에게 알려지면 약속한 비용을 마련하는 데는 큰 어려움이 없겠다.'는 생각이 들었다. 나는 방송국을 찾아가 사정을 이야기했다. 방송 담당자 역시 즉석에서 답을 내리지는 않았다. 며칠 뒤 모금 방송은 힘들다는 연락을 받았다. 기대를 많이 했었는데 무척 아쉬웠다.

하는 수 없이 한국으로 돌아가기로 했다. 돌아가기 전에 뉴욕 현대미술관(MoMA) 측과도 한글 안내서 및 한국어 음성 서비스 실시를 위한 계약을 성사시켰다.

돌아오자마자 나는 그동안 협찬을 받았던 여러 한국 기업들을 찾아다녔다. 하지만 쉽지 않았다. 인터넷으로 기금을 모아 볼까 했지만 이것 역시 쉽지 않았다. 나의 이 절박한 사연을 전해 듣고 친하게 지내던 기자 형님이 신문에 크게 실어 주었다.

그제서야 여러 기업에서 도와주겠다는 연락이 왔다. 그렇게 해서 메트로폴리탄 박물관은 한국국제교류재단에서, 뉴욕 현대미술관(MoMA)은 한국민속박물관회에서 도와주기로 결정이 났다. 지난 5개월 동안 미국 및 한국을 여기저기 뛰어다닌 결과 결실을 보게 되어 더욱 기뻤다.

드디어 2007년 3월 1일부터 뉴욕 현대미술관에 한글 안내서와 오디오 서비스가 제공되기 시작했다. 웹사이트(www.moma.org)의 방문자 안내 코너를 통해서도 한글 안내서를 다운로드 받을 수 있게 됐다. 앞으로 이곳을 관람하는 한국인들은 많은 자부심을 느끼며 미술관 체험을 할 수 있을 것이다.

한글 안내서에는 박물관의 역사와 전시회 정보 외에 전반적인 박물관 정보, 프로그램 및 서비스, 쇼핑, 회원가입, 음식정보, 미술관 지도 등이 나와 있으며, 한국어 오디오 서비스는 60여 개 대표 작품에 대한 큐레이터의 설명과 아티스트 소개, 비평 등을 제공한다.

2009년부터는 프랑스의 오르세 미술관에 한글 안내서가 제공되고 있으며, 다음으로는 영국의 데이트모던 미술관, 독일의 루드비히 박물관 등 유럽 내 세계적인 유명 미술관 및 박물관에 한국어 안내 서비스를 위한 작업을 계속해서 추진할 계획이다.

뉴욕 메트로폴리탄박물관에 이어 뉴욕 현대미술관(MoMA)에도 한국어 음성서비스 및 안내서를 제공하게 됐다. 한국인들에게는 깊이 있는 미술관 체험에 도움이 될 뿐만이 아니라 국가 브랜드 가치를 높이는 데도 일조를 할 수 있었다.

또 다른 한국문화 홍보 영문책자 발간

★ 뉴욕 메트로폴리탄 박물관과 현대미술관(MoMA)에 한국어 서비스를 유치하는 일은 결코 쉽지 않았다. 그러나 뚜렷한 의지가 있었기에 힘들다는 생각은 장애가 되지 않았다.

우리는 글로벌 시대에 맞춰서 영어 습득하는 것을 기본으로 여긴다. 물론 외국어를 습득하는 것도 중요하지만 우리나라의 언어를 대외적으로 알리고 보급시키는 일 또한 중요하다고 생각한다. 뉴욕의 미술관과 박물관에 한국어 서비스를 실시하면서 이게 얼마나 중요한 일인지 다시금 확신하게 되었다.

그때부터 전 세계 주요 10대 박물관과 미술관에 한국어 안내 서비스 설치를 구상하기 시작했다. 이것이 완료되면 세계 유명 관광지에도 한국어 서비스를 유치할 계획이다. 요즘에 와서 새롭게 추가된 목표는 세계 주요 박물관의 분관을 한국 내에 유치하는 것이다.

구겐하임 미술관은 미국의 라스베이거스, 독일의 베를린, 스페인의 빌바오 등에도 분관이 있는데, 특히 빌바오에 구겐하임 미술관 분관이 들어오자 그 도시 전체의 정체성이 확 바뀌었다는 일화는 너무나 유명하다.

뉴욕 메트로폴리탄 박물관 일이 잘 되고 나니까 그 여파도 적지 않았다. 미국 오하이오에 유학 중인 후배가 신문에서 내 기사를 봤다면서 전화를 걸어 왔다.

"형, 내가 미국에 살면서 느낀 건데, 미국 항공사의 비행기를 타다 보면 중국어, 일본어 안내 방송을 해줄 때가 있더라고요. 그런데 왜 한국어는 안 나오느냐 이거죠. 내가 이거 한번 뚫어 볼까 하는데 어때요?"

그런가 하면 이탈리아에 사는 한 교민으로부터도 전화가 왔다.

"인터넷에서 당신 소식을 접하고 우리 이탈리아 교민들도 자극을 받았습니다. 로마에는 박물관이 굉장히 많은데 여기서 우리도 한번 추진을 해보려고 합니다. 내가 돈이 많은 건 아니지만 교민사회에서 바람을 한번 일으켜 보겠습니다. 이탈리아에 오면 꼭 한 번 방문해 주세요."

호주에서 건축 사업을 하시는 어떤 분도 연락을 주셨다.

"1, 2주 뒤에 서울에 가는데 서경덕 씨를 한 번 만나보고 싶습니다."

그를 서울에서 만나 이야기를 들었다.

"교민들이 돈을 모아서 한국을 주제로 한 조그만 테마 공원을 시드니 근교에 만들고 싶어 합니다. 서경덕 씨가 같이 합류해서 한국을 알릴 수 있는 콘텐츠를 제공해 줬으면 좋겠습니다."

2007년에는 미국 최대 박물관인 워싱턴 스미스소니언 자연사박물관에 한국관(Korea Gallery)이 개관한다는 뉴스를 보고 몇 달 뒤 직접 찾아갔다.

국가 단위로는 한국관이 처음이라고 해서 무척 기대를 했다. 하지만 직접 가서 보는 순간 생각보다 작은 규모에 좀 아쉬운 생각이 들었다. 약 30평 규모였는데 한글, 우리나라 풍경, 전통 혼례, 한국인들의 삶 등의 전시품 약 200여 점이 전시돼 있었다.

세계적인 영국 박물관이나 뉴욕 메트로폴리탄 박물관 등도 한국을 소개하는 전시관이 있긴 하지만 다른 나라 전시관에 비해 규모는 매우 작고 전시물도 부실한 게 사실이었다.

나는 스미소니언 자연사박물관 디렉터인 마이클 폴 테일러 씨를 찾아 갔다.

"찾아주셔서 반갑습니다. 어떤 일 때문에 오셨는지요?"

나는 내 의견을 먼저 이야기했다.

"한국어 안내서나 음성 서비스는 한국인들이 주로 애용합니다. 한국 사람들은 여기에 전시된 백자나 청자를 잘 알고 있지요. 그러나 한국관을 찾는 외국인들은 그 내용을 잘 모르기 때문에 눈요기만 하고 그냥 지나칩니다. 이들에게 한국 문화를 좀 더 효과적으로 알릴 수 있는 방법은 없을까요?"

"그렇다면 전시물에 대한 영문 홍보책자를 한번 만들어 보면 어떨까요?"

"아주 좋은 아이디어 같은데요."

영문 홍보책자를 만들면 한국관에 전시되어 있는 200여 점에 대한 설명뿐 아니라, 한국의 역사와 문화를 비롯해 한국에 관련된 다양한 정보들을 간략하게 넣어주면 좋겠다고 말했다.

"그렇게 하려면 올 컬러로 해서 적어도 1만 부 정도는 찍어야 할 것 같은데……."

"제가 해보도록 하겠습니다. 그런데 200여 점 전시품 외에 박물관 지하 창고에 한국 관련 유물이 굉장히 많다고 들었습니다. 그 내용도 책자에 넣고 싶습니다."

나는 책자를 만들기 위한 비용 때문에 걱정이 앞섰지만 자신 있게 말했다.

이렇게 해서 한국관에 대한 영문 홍보책자를 발행하기로 결정이 났다.

사실 이번 프로젝트의 의도는 또 있었다. 스미스소니언 박물관이 있는 워싱턴 일대의 초중고교에 이 홍보책자를 보내 '한국관에 이런 게 전시돼 있다. 한국에 대해 더 알고 싶으면 이리로 와라.' 하면서 한국에 대한 홍보를 유도해 보고자 했다.

중요한 것은 과거 유물들에 대한 소개만으로 끝나는 게 아니라 전통에서부터 현재까지의 한국을 제대로 알려주는, 그야말로 '한국 홍보책자'로도 널리 사용할 계획이었다.

이런 작은 일들이 모이면 우리나라를 알리는 데 큰 역할이 될 것이라는 기대감이 들었다. 한국이 어디 있는지도 모르고 한글이 뭔지도 잘 모르는 외국 어린이들에게 한국을 알리는 일이라면 어떻게든 기여해 보고 싶었다. 나아가 스미스소니언 자연사박물관뿐만이 아니라 그 밖의 세계 유명 박물관과 미술관, 각 나라의 문화원과 도서관에 비치할 수 있도록 책자를 다 보낼 작정이다.

한국문화에 대한 그들의 시야가 넓어지면 넓어질수록 다른 박물관에서도 한국관 설립이 그만큼 더 앞당겨질 수 있을 것이라는 확신이 들었다. 이 일에 대한 첫 후원은 하이컨셉카드 제조업체인 'GK파워'가 맡기로 했다.

2008년 10월에 한국관 관련 최초의 영문 홍보책자가 발간됐다. 이 일을 기점으로 세계 유명 박물관 내 한국관이 있는 곳이면 어디든 찾아가서 영문 홍보책자 발간을 유도할 계획이다. 그렇게 해서 외국인들이 한국의 문화와 역사를 좀 더 쉽게 이해할 수 있다면 또 하나의 '대한민국 홍보' 라는 목적이 달성되는 셈이다.

워싱턴 스미스소니언 한국관 관련 영문 홍보
책자는 120여 쪽의 올 컬러로 제작됐고 1만 권
이 지원된다. 특히 한국관의 전반적인 소개 및
한국의 자연환경, 한글, 한국의 가정문화 등이
자세히 소개되었다.

자랑스런 유산
한글을 세계로 전파하라

★ 우리나라의 가장 위대한 문화유산은 무엇일까? 세계 최초 금속활자 인쇄본인 직지심경, 조선시대 백자 달항아리 등 굉장히 많지만 그 중에서도 으뜸인 것은 역시 우리의 '한글'이다.

언어는 그 나라를 알리는 데 가장 기초가 되는 수단이다. 아시아에 한류 붐이 불면서 일부 계층에서 한국어 배우기 열풍이 일고 있다. 한국에 대한 영향력이 커지면 커질수록 자연히 한국어에 대한 수요도 늘기 마련이다. 이에 대비해 한글과 한국어를 해외에 널리 알리고 보급하는 문제를 정책적 · 체계적으로 추진해 나갈 필요가 있다고 본다. 아시아권에서만 하더라도 중국의 공자학원, 일본의 일본어센터, 인도의 간디아카데미처럼 해외에 자국 언어를 교육하는 기관을 설립해 문화 마케팅 경쟁을 벌이고 있다.

내가 한글과 한국어에 대해서 제대로 알지도 못하면서 해외에 한글과 한국어를 전파하겠다고 나선다면 설득력이 떨어질 거란 생각이 들었다. 그래서 행동으로 옮기기 위해 필요한 기본적인 이론을 갖추기 위해 나름대로 많은 공부를 했다. 그런 산 공부는 내 머리에 쏙쏙 들어왔다. 〈세종대왕〉 위인전부터 다시 읽기 시작했다.

한글은 구성 원리나 창제 동기 등을 알면 특히 더 찬란하게 보인다. 28자의 자모음 체계로 구성된 훈민정음은 우리말을 가장 자연스럽게 표현할 수 있는 과학적인 문자다. 훈민정음이 창제되자 한문보다 익히기 훨씬 쉬워 많은 백성이 문자의 혜택을 누릴 수 있게 되었다.

한글은 그동안 '전통철학과 과학이론이 결합한 세계 최고의 글자'라는 찬사를 받아왔다. 소리 나는 대로 쓸 수 있어 정보화 시대, 인터넷 시대에도 적합하다는 새로운 평가를 듣고 있다. 옛 베트남 사람들은 한자로 베트남어를 표기했고 지금은 로마 문자로 표기한다. 터키어도 오래도록 아랍 문자로 표기되다가 20세기 들어 로마 문자로 표기되고 있다. 만일 한글이 없었다면 우리도 로마 문자나 한자로 표기했을 것이다.

외국인들이 한글을 매우 우수한 문자로 평가하는 것은 어제 오늘의 일이 아니다. 유네스코에서 2000년부터 매년 2월 21일에 '세계 모어(母語)의 날'(International Mother Language Day)을 기념하고 있는데, 이날 수여하는 상이 '세종대왕상(UNESCO King Sejong Literacy Prize)'이다. 한글 창제에 담긴 세종대왕의 숭고한 정신을 기려서, 전 세계의 문맹을 퇴치하기 위해 헌신하는 개인이나 단체, 기관에게 주는 상이다.

세계 문화 과학기구에서는 한글이 얼마나 과학적이고 훌륭한지 극찬하고 있다. 영국의 샘슨과 미국 하버드대의 라이샤워, 시카고대의 매콜리 등 세계 저명학자들은 한글을 '인류의 위대한 지적 성취'라고 말한다. 이처럼 자랑스러운 한글을 전 세계에 알려야겠다고 생각했다.

예전부터 잘 알고 있던, 그리고 내가 늘 존경하는 세계적인 설치 미술가 강익중 선생님을 찾아갔다. 강 선생님은 1997년 베니스 비엔날레 특별상을 수상한 뒤 1999년 파주 통일동산에서 가진 '10만의 꿈'으로 국내에도 널리 알려졌다 특히 2007년에는 독일에서 개최된 서방 선진 7개국 및 러시아(G8) 정상회담에 대규모 설치작품을 전시해 화제를 모으는 등 국제적으로 두각을 나타내고 있는 설치 미술가다.

"선생님, 우리 전 세계에 한글을 한번 알려 보는 것은 어떨까요?"

"그래요? 내가 뭘 어떻게 하면 되겠습니까?"

"선생님께서 제작하신 한글 작품을 기증만 해주십시오. 제가 전 세계 사람들이 많이 볼 수 있는 곳에 상설 전시를 이끌어 보겠습니다."

"그럼 어디를 생각하고 있습니까?"

"파리에 있는 유네스코 본부에 먼저 도전해 보겠습니다."

강익중 선생님은 흔쾌히 승낙했다. 이렇게 해서 '한글 세계 전파 프로젝트'가 시작됐다. 나는 작품 기증에 대한 명분을 생각했다.

"선생님, 기증에도 명분이 중요하지 않겠습니까? 어떻게 생각하십니까?"

"한글은 남북을 잇는 끈이 되지 않겠습니까. 같은 언어를 쓰니까요. 그리고 세계를 바라보는 큰 창이 될 수 있을 겁니다. 한글은 자음과 모음이 모여 하나의 소리를 내지 않나요. 그래서 분열된 세계에 이러한 한글의 원리로 평화에 대한 메시지를 전달해주고 싶네요."

"아, 역시 세계적인 작가는 한글을 바라보는 눈도 다르시군요."

강익중 선생님의 한글 작품이 프랑스 파리의 유네스코 본부에 상설 전시되면 많은 외국인들이나 관광객들에게 한글의 아름다움과 우수성을 널리 알리는 계기가 될 것이다. 그런 다음 세계 각지의 유네스코위원회를 돌며 순회 전시를 할 계획도 세웠다. 강 선생님은 우리나라를 대표하는 세계적인 미술가 중 한 명이기도 하지만 먼 시야를 가진 큰 예술가이다. 그는 무엇보다 이 일에 신명이 난 듯했다.

"세계에 한글을 볼 수 있는 곳이라면 어디든지 다 접촉해 보세요. 서경덕 씨와 함께 한다면 어디든지 다 기증할 의사가 있습니다. 이왕 이렇게 시작했는데 한번 잘해 봅시다."

강익중 선생님은 내가 이때까지 살면서 만났던 사람 중에 가장 대화가 잘 통하는 분이다. 세계를 바라보는 나의 시야를 크게 만들어 준 사람도 바로 강익중 선생님이며, '문화'로 함께 세계에 기여해 보자는 뜻을 늘 같이한다.

나는 강 선생님과 함께 작품 내용에 대해 여러 가지 의견을 나누었다. 작품 제목은 'Youth(청춘)'로 소설가 민태원 님의 '청춘예찬' 내용을 가로 세로 3인치 크기의 나무판에 한 글자씩 그려 넣기로 했다. 전체 크기는 가로 세로 210cm이다. 작품 제작 및 기증까지의 과정이 1년이나 걸렸다. '청춘예찬'은 교과서에도 실렸던 작품으로 누가 읽어도 생동감 있는 메시지가 전해진다. 더불어 한글을 통해 세계 젊은이들에게 청춘의 중요성과 가치를 알리려는 작가의 의도를 담았다.

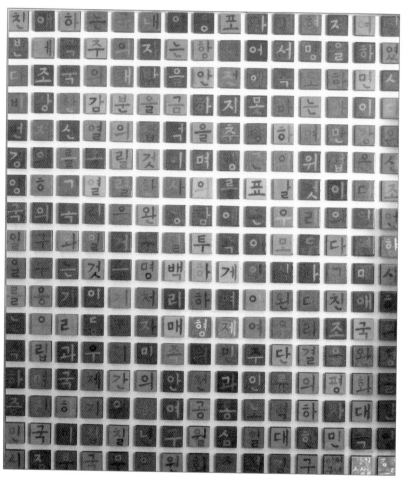

올해 대한민국 임시정부 수립 90주년을 기념하여 중경 임시정부 청사에 한글작품을 또 기증했다. 가로 세로 약 2m 나무판 위에 255자의 한글을 직접 그린 이 작품은 중경 임시정부에서 김구 선생이 새 국가 건설의 이상을 국내외 동포에게 선언한 '국내외 동포에게 고함'의 내용을 일부 요약하여 제작한 것이다.

청춘! 이는 듣기만 하여도 가슴이 설레는 말이다.

청춘! 너의 두 손을 가슴에 대고, 물방아 같은 심장의 고동을 들어보라

청춘의 피는 끓는다.

이 끓는 피에 뛰노는 심장은 거선의 기관과 같이 힘이 있다.

이것이다. 인류의 역사를 꾸며 내려온 동력은 바로 이것이다.

이성은 투명하되 얼음과 같으며 지혜는 날카로우나 갑 속에 든 칼이다.

청춘의 끓는 피가 아니더면, 인간이 얼마나 쓸쓸하랴.

얼음에 싸인 만물은 얼음이 있을 뿐이다.

그늘에게 생명을 불어 넣는 것은 따뜻한 봄바람이다.

풀밭에 속잎 나고 가지에 싹트고 꽃피고 새 우는 봄날의 천지는 얼마
나 기쁘며 얼마나 아름다우냐?

이것을 얼음 속에서 불러내는 것이 따뜻한 봄바람이다.

인생에 따뜻한 봄바람을 불어 보내는 것은 청춘의 끓는 피다.

청춘의 피가 뜨거운지라, 인간의 동산에는 사랑의 풀이 돋고, 이상의
꽃이 피고, 희망의 놀이 뜨고, 열락의 새가 운다.

– 중략 –

　이 작품은 2007년 3월 6일, 유네스코 본부에서 열리는 기증식에서
주 프랑스 한국 대사가 마쓰우라 고이치로 유네스코 사무총장에게 전달
했고, 유네스코는 이를 집행이사회 회의장 입구에 설치했다.

'한글 세계 전파 프로젝트'는 강익중 선생님이 한글작품을 제작해 기증하고, 나는 세계
적인 기관 및 건물을 접촉해 상설전시를 이끌어 한글의 아름다움을 세계인들에게 홍보하
는 방식으로 진행된다.

세계 분쟁지역을 돌며 평화를 외치다

★ 이 작업을 하는 과정에 나는 강익중 선생께 또 다른 제의를 했다.

"선생님, 해외의 국제적인 기관에 기증하는 것도 중요하지만 우리나라에도 하나쯤은 있어야 되지 않겠습니까?"

강 선생님도 기꺼이 찬성했다. 나는 한글을 통해서 우리나라 사람들한테 자긍심을 심어줄 수 있는 훌륭한 문구를 찾아봤다. 그때가 독립기념관 건립 20주년 즈음한 무렵이었다. 독립기념관에 작품을 기증하면서 독립에 관한 어록의 문구를 집어넣는다면 굉장히 의미 있는 일이라 생각했다.

우리나라 젊은이들과 다음 세대들에게 한글의 아름다움도 알리면서 민족의식을 일깨워 줄 수 있는 작품으로 백범 김구 선생의 〈나의소원〉이 적격으로 떠올랐다. 〈나의 소원〉에서 주옥같은 글들만 모아 작품에 또 담았다.

> 나는 우리나라가 세계에서 가장 아름다운 나라가 되기를 원한다.
> 가장 부강한 나라가 되기를 원하는 것은 아니다.
> 내가 남의 침략에 가슴이 아팠으니 내 나라가 남을 침략하는 것을 원치 아니한다.
> 우리의 부력은 우리의 생활을 풍족히 할 만하고 우리의 강력은 남의 침략을 막을 만하면 족하다. 오직 한없이 가지고 싶은 것은 높은 문화의 힘이다.
> 문화의 힘은 우리 자신을 행복하게 하고 나아가서 남에게 행복을 주겠기 때문이다.
> 인류가 현재에 불행한 근본 이유는 인의가 부족하고 자비가 부족하고 사랑이 부족한 때문이다.
> 이 마음만 발달이 되면 현재의 물질력으로 온 인류가 다 편안히 살아갈 수 있을 것이다.
> 인류의 이 정신을 배양하는 것은 오직 문화이다.

– 중략 –

한글 설치작품 ‘ My Wish (나의 소원)’의 내용 발췌

작품은 가로 세로 3인치 크기의 나무판에 한 글자씩 323자를 직접 그려 넣었다. 내용만으로도 대한민국 사람이라는 것이 뿌듯하게 다가올

'세계 평화전파 프로젝트'의 일환으로 올해는 레바논 남부지역에서 유엔 평화유지활동(PKO) 임무를 수행 중인 동명부대 관할지역에 평화를 기원하는 세계 어린이들의 희망을 담은 미술작품이 설치됐다. 물론 강익중 선생님이 기증해 주셔서 가능했다.

것이라는 생각이 들었다. 독립기념관에는 일본 및 중국 관광객들도 많이 오니, 그들에게도 한글의 아름다움이나 한글의 우수성을 보여줄 수 있을 것이다. 나는 이 일이 계기가 되어 2008년 8월에 독립기념관 최초의 명예 홍보대사로 위촉됐다.

이처럼 우리는 한글 작품을 세계적인 기관 100여 곳을 목표로 세계인들이 언제든 편안히 감상할 수 있는 위치에 기증, 설치할 예정이다. 또한 세계의 젊은이들이 많이 모이는 관광 명소나 명문 대학에도 한글 작품을 상설 전시하여 계속적으로 한글을 전 세계에 널리 알릴 계획이다.

강익중 선생님과 함께하는 '한글 세계 전파 프로젝트'는 여러 가지 면에서 한국 홍보에 대한 모티브를 제공했다. 이어서 우리 두 사람은 머리를 맞대고 '세계 평화 전파 프로젝트'를 구상했다. 대외적으로 한국의 이미지는 '분단국가로서 전쟁의 위험이 있는 불안한 곳'이라는 인식이 지배적이었기 때문이다.

우리는 분쟁지역을 직접 찾아가 이러한 인식을 바꾸고 평화로운 이미지를 창출하기로 의견을 모았다. 분쟁지역에 꿈, 희망, 평화 등을 주제로 강 선생님이 작품을 기증하면 내가 직접 분쟁지역으로 찾아가 작품을 설치하고, 또한 그 지역 어린이들이 자유롭게 자신의 꿈과 희망을 그릴 수 있도록 크레파스 및 학용품 등을 기증하기로 했다. 강 선생은 이미 15년 전부터 세계 1백여 국가의 어린이 그림 수만 장을 수집해 왔다. 우리는 그 첫 번째 장소로 이라크를 택했다.

뉴욕 맨해튼 차이나타운에 있는 강익중 선생님 작업실. 늘 이렇게 쉬지도 않고 그림만 그리는 강익중 선생님. 세상을 '기쁨과 감사'로 산다는 그분께 나는 늘 많은 것을 배운다.

이라크 친구에게 보내는
그림편지

★ 분쟁지역 중 하나인 이라크 아르빌을 찾아가기로 작정한 뒤 합동참모본부를 찾아갔다. 합참 관계자에게 우리의 취지를 간략하게 설명했다.

"세계인들은 분단국가인 한국이 분쟁지역에서 평화유지군으로 활동하고 있는 사실은 잘 모른다. 특히 한국군이 이라크에 파병한 사실을 모르는 외국인들도 많이 봤다. 그래서 평화를 수호하는 대한민국의 이미지를 높이기 위해 세계적인 설치미술가 강익중 선생님과 함께 평화 전파 프로젝트를 구상했다. 강 선생님이 작품을 기증하고 내가 직접 분쟁지역을 방문하여 설치 및 홍보를 맡아 하기로 했다."

마침 한국군은 이라크의 재건을 돕기 위해 자이툰에 도서관을 짓고 있었다. 이 도서관에 강 선생의 작품을 설치하기로 합동참모본부와 협의를 했다. 작품에 이라크 어린이 그림도 넣기로 했다. 작품 설치를 위해 2008년 10월 이라크 아르빌을 다녀왔다. 서울에서 두바이를 거쳐 쿠웨이트까지 혼자 비행기를 타고 갔다가 쿠웨이트에서 지원대와 합류했다. 그곳에서 공군기로 바그다드를 거쳐 아르빌에 도착했다. 항공기 내에서도 총을 들고 경계를 서는 모습을 보니 분쟁지역의 실정이 피부에 와 닿았다.

도착 후 하루를 쉬고, 아르빌 중심부 공원 안에 위치한 자이툰 도서관 1층 로비에 강 선생님의 작품 '이라크 친구에게 보내는 그림편지'를 공병대 부대원들과 함께 설치했다. 이번 작품은 가로 세로 3인치의 정사각형 도화지에 세계 곳곳에 있는 어린이들의 꿈과 희망을 담은 그림을 모아 제작한 것이다.

4개의 큰 판으로 나눠서 붙였는데, 작품의 각 판 중앙에는 한글로 '친구, 희망, 사랑, 평화'를 새겨 한글의 아름다움도 함께 표현했다. 이 작업을 위해 3개월 전에 이라크 어린이들에게 크레파스와 도화지, 펜 등을 선물하여 그림을 그리게 했다. 전쟁에 시달린 이라크 어린이들에게 희망의 메시지를 전하고 평화를 지향한다는 작업 의도를 담았다.

강 선생님과 나는 이번 일을 계기로 우리 군이 평화유지군으로 파병된 곳부터 시작해 세계 분쟁지역에 문화를 통한 '평화 전도사' 역할을 지속적으로 하자는 약속을 했다. 우리들의 작은 노력이지만 이런 일들이 쌓여서 한반도에도 평화가 곧 찾아올 것이라고 믿고 있다. 강 선생님의 의지도 남달랐다.

"작가는 경계선(border)을 연결선(connector)으로 바꾸는 힘이 있습니다. 문화를 통해 동과 서, 남과 북, 없는 자와 있는 자, 과거와 미래가 이어진다고 믿습니다. 이번 작품으로 인해 평화는 바람으로 섞이고 땅으로 이어진다는 것을 세상에 전해주고 싶어요."

2009년 8월초에는 '세계 분쟁지역 평화전파 프로젝트' 두 번째 실행을 위해 레바논에 다녀오기도 했다. 언젠가는 임진강에 남과 북을 연결하는 '꿈의 다리'를 설치할 것이라는 강 선생님의 희망이 실현될 날이 머지않았음을 느낀다.

자이툰 부대가 주둔했던 이라크 아르빌 '자이툰 도서관' 로비에 이라크를 비롯한 세계 어린이들의 희망을 담아 평화를 기원하는 미술작품을 기증, 설치했다. 사진은 아르빌 현지 어린이들과 기증식을 마치고 기념촬영한 것.

뉴욕타임스에 처음 광고를 내던 2005년 당시 나는 만 31세였고, 광복 60주년이었다. 그때로부터 40년 세월이 지나 광복 100주년이 되면 나는 칠순 할아버지가 될 것이다. 그 나이가 되어 우리나라가 세계의 리더 국가가 되고 한민족이 세계에 우뚝 선다면 더 이상 바랄 것이 없다. 우리 한민족이 세계의 리더로서 당당하게 자리하는 데 작으나마 기여할 수 있는 사람이 되는 것이 진정한 나의 소망이다.

8장

나의 꿈
나의 길

한민족을 연결하는 커넥터가 되고 싶다

★ 마이크로소프트의 빌 게이츠는 재산의 반을 아프리카의 질병 예방과 기아 퇴치를 위해 기부했다. 나머지 재산도 사회에 환원하겠다고 밝혔다. 그는 인터넷으로 연결된 인적·물적 네트워크를 통해 부의 불균형을 해소할 수 있을 때 정보화 시대의 의미가 있다는 점을 늘 강조한다.

세계적인 커피 전문점 스타벅스 역시 광범위하고 섬세한 사회 공헌 활동으로 유명하다. 스타벅스는 맥도날드나 던킨 등에서 고급 커피를 출시하는 바람에 큰 타격을 입었는데, 이것을 '사회 공헌 경영'을 통해 만회했다. 아시아와 남미, 아프리카의 커피 재배 농가의 삶을 개선시키기 위해 사회적·생태학적·환경적 지원 활동을 한 것이다. 이것은 스타벅스만 잘 되는 게 아니라 열악한 환경으로 알려진 커피 농가에도 도움이 되고 커피 농장의 생태와 환경에도 좋은 상생경영의 모델로 거론

된다. 스타벅스는 포춘지에 의해 2007년 세계에서 가장 존경 받는 기업 2위에 선정되었다.

개인이든 기업이든 정부든 사회 공헌은 광범위하고 안정적이고 지속적으로 순환될 수 있어야 한다. 이런 사회 공헌은 친환경, 기아, 질병, 국제간의 분쟁, 문화 보존 등 그 분야가 매우 다양하다. 우리나라의 정부나 모든 기업 활동도 앞으로는 반드시 '사회 공헌'을 기본 바탕으로 삼아야 할 것이다.

사회 공헌이란 것이 돈으로만 되는 것은 아니다. 꼭 필요한 곳에 꼭 필요한 방법으로 쓰여지도록 창의적인 방향을 제시해 줄 기획자가 필요하다. 그 사회의 환경, 문화, 역사 등 여러 단체를 연결시켜 줄 연결 고리도 반드시 필요하다.

우리나라는 IMF 시절 금 모으기 운동을 비롯하여 사회적 재난이 닥쳤을 때 정부와 기업, 그리고 전 국민이 힘을 모은 경험이 있다. 기부와 구호는 공동체를 구성하고 사는 인간이 할 수 있는 이타적 정신의 발현이다. 여기서 중요한 것이 사회 공헌 모델이다.

기업이나 기부자들이 평소에 빈곤 계층이나 소외 집단에 대해 배려할 수 있는 순환 시스템을 만들어야 된다는 것이다.

우리나라 대기업들은 간혹 사회적 물의를 일으킬 때마다 몇 천억씩 기부금을 내겠다고 발표를 하곤 한다. 그런데 이 기부금을 어떻게 창의적으로 쓸지 모델을 찾지 못하는 경우가 종종 있다.

사회 공헌 모델은 기업에게만 필요한 것이 아니다. 세계 속 대한민국이라는 국가 이미지 제고를 위해서도 공헌 모델이 필요하다. 국가 간 교역과 외교에 있어서 다양한 루트를 통해서 이해 당사국에 어떤 공헌을 할 수 있는가 하는 모델을 더 많이 찾아내야 한다. 또한 이를 통해 이해 당사국들과 소통을 원활하게 하는 것이 21세기 지구촌 시대의 진정한 선진국의 모습이 아닐까 한다.

최근에 내가 벌인 일들이 커넥터로서의 역할을 수행한 것이다. 급성장하고 있는 국내의 한 IT업체가 러시아에 대규모 수출 계획을 갖고 있었는데, 이 과정에서 지역사회를 위한 공헌이 필요했다. 그래서 러시아의 한 박물관에 한국어 서비스를 제공하는 일을 기획했던 적이 있다.

2007년 미국 워싱턴 스미소니언 자연사박물관 내의 한국관에 영문 홍보책자를 만들어 비치한 것도 대한민국이라는 국가의 사회 공헌 모델과 커넥터로서의 나의 역할이 맞물려 이루어낸 활동 중 하나다. 정부가 한국관을 개관하고 내가 중간에서 기업을 끌어들여 홍보에 일조한 것은 정부, 기업, 개인이 함께 힘을 모아 이루어낸 좋은 롤 모델이 될 것이라 생각한다. 나는 이것을 바탕으로 한국관이 설치된 세계적인 박물관을 찾아다니며 영문 홍보책자를 끊임없이 발간할 예정이다.

세상에는 수많은 개인과 조직이 있다. 개인과 개인, 조직과 조직을 연결할 때는 몇 개의 다리를 거쳐야 되는 경우도 있다. 이때 누군가가 나서서 연결 고리 역할을 해야 하는데 제3의 기획자가 나서서 창의적인 방향을 제시해 줄 수도 있다.

나는 대학 1학년 때부터 '생존경쟁'이란 이름을 달고 수많은 설문조사를 벌였고 기업과 대학생 간의 여러 가지 다양한 행사를 치러봤다. 전 세계에 대한민국을 알리는 일도 많이 해봤다.

이 과정에서 글로벌 기업의 대표, 법조인, 문화예술인, 교수, 재외동포 등 각 분야의 전문가들을 많이 알게 되었는데, 이들을 데이터베이스화하는 작업을 현재 하고 있다. 이것을 기반으로 한민족 네트워크를 구축하여 40대에 들어서면 '커넥터'로서의 역할을 본격적으로 해볼 계획이다. 이를 위해서는 기관의 설립도 필요하리라고 본다.

한민족 네트워크에서 가장 중요한 부분은 해외에서 온갖 어려움을 극복하고 꿋꿋하게 살아가는 재외동포들이다. 이들은 자랑스런 대한민국의 소중한 자산이다.

유태인과 화교를 넘어서 세계를 리드하자

★ 세계는 지금 중국의 화상이나 유태인들이 아주 큰 영향력을 행사하며 거대한 상권을 이루어 지구촌을 움직이고 있다. 화교 상권은 유태인 상권에 이은 세계 2위의 민족 공동체로, 이미 네트워크를 구축해 그 힘을 과시하고 있다. 각 나라에 흩어져 있는 화교 경제인을 하나의 거대한 네트워크로 묶은 게 바로 세계화상대회다.

전 세계에 흩어져 있는 화상은 약 3천만 명으로 이들이 보유한 자산 규모만도 약 2조 달러로 추산된다. 화교 자본은 중국에 대한 외국인 투자 총액의 80%를 차지하고 있을 정도로 중국 경제 발전에 엄청난 기여를 하고 있다.

내가 뉴욕에 있을 때 가깝게 지내는 한 중국인 친구의 개인파티에 초청받아 간 적이 있다. 신인 작가인 그 친구는 책 출간을 위한 기금을 만들기 위해 파티를 개최한다고 했다. 가족과 지인 등 2백여 명이 몰린 그

파티에서 약 5만 달러의 모금이 이루어져 놀랐던 적이 있다. 정말이지 화교들의 응집력은 대단했다.

우리나라에는 2002년 창설된 세계한상대회가 있다. '경제인 통합 네트워크 구축'이라는 기치를 내걸고 출범한 한상대회는 세계에 흩어져 있는 해외동포 기업인들이 참여하고 있다. 해외에서 활동하는 우리 교포는 현재 180개국에 걸쳐 7백만 명을 헤아린다. 남북한 합친 인구의 약 10%를 차지하는 숫자다. 이들은 오래전부터 해외에서 민간외교관으로서의 역할을 수행해 왔을 뿐 아니라 한국의 민주화와 경제 성장을 뒷받침해 왔다.

인구 비례로 따지면 한국 교포가 화교보다 앞선다. 화교는 주로 동남아에 집중돼 있고, 유태인은 북미와 유럽에 흩어져 있다. 한국의 재외동포는 미국, 일본, 중국, 러시아 등 4대 강국의 대도시에 주로 집중돼 있다.

대한민국이 세계적인 네트워크를 형성하고 힘을 발휘하려면 해외 각국에 흩어져 묵묵히 일하고 있는 이들 한인들과 보다 밀접한 연결이 되어야 한다. 해외동포들은 언제 어디서나 조국을 그리워한다. 2002년 월드컵 축구대회를 통해 확인된 한민족의 자부심은 세계의 한상들을 하나로 묶는 계기가 되기에 충분했을 것이다. 나는 한민족의 그런 역량을 세계적인 신문에 광고를 게재한 후 반응으로도 직접 확인할 수 있었다.

나는 이런 한민족의 저력을 바탕으로 '아시아 연합(AU)' 창설을 꿈꾸고 있다. 우리가 중국과 일본을 끌어안아 동북아시아를 리드하면서 세계에 공헌할 수 있는 민족이 되었으면 하는 것이다.

내가 꿈꾸는 한민족 네트워크는 경제적인 측면만이 아니라 사회, 문화 등 모든 분야에서의 공동체를 만드는 것이다. 가까운 미래는 국가보다는 민족끼리의 경쟁이 될 것 같기 때문이다. 그렇다고 민족주의에 빠져서 우리 것만 내세우자는 건 절대 아니다.

어느 학자는 '세계화가 진행되는 이 시대는 시민에 대한 국가의 지위가 약화됨에 따라 시민권의 개념에 대한 재정립이 필요하다.'고 지적한다. 곧 국가 이외의 주체, 예를 들면 국가를 넘어선 유럽연합(EU)이나 국가의 하위 단위를 구성하는 도시나 지방 시민으로서의 권리 등이 기존의 시민권에 못지않게 중요해진다는 것이다. 앞으로 20년쯤 후에는 국가에 대한 개념이 희박해지고 민족 개념이 우위에 설 것으로 보인다. 그렇게 되면 이중 국적도 허용하자는 게 나의 생각이다.

많은 사람들이 내게 이런 질문을 한다.

"경덕아, 네 진짜 목표는 뭐니? 뭘 이루고 싶은 거야?"

그러면 나는 웃으면서 이렇게 말한다.

"세계 어디를 가도 유태인과 화교들이 큰 영향력을 행사하고 있잖아요? 우리 한민족도 그렇게 되지 말란 법이 없다고 생각해요. 내가 죽기 전에는 우리 한민족이 유태인, 화교들과 어깨를 나란히 하며 세계를 리드하는 민족이 되는 걸 보고 싶습니다."

구한말 이준 열사는 "땅이 크고 사람이 많은 나라가 큰 나라가 아니다. 땅이 작고 인구가 적어도 위대한 인물이 많은 나라가 위대한 나라다."라는 말씀을 하셨다. 그 말씀을 되뇌며 위대한 나라를 만드는 데 조금이나마 기여하고 싶다.

나는 세계 각국에 흩어져 있는 한민족을 하나로 묶는 연결고리뿐 아니라 우리의 좋은 것들을 다른 나라, 다른 민족에게 소개하고 다른 나라의 본받을 점들을 우리에게 알리는 진정한 커넥터가 되고 싶다.

무엇보다 전 세계적인 한민족 네트워크를 구축하기 위해서는 국적에 관계없이 모든 동포들을 끌어안아야 될 것이다. 이중 국적도 그런 차원에서 주장하는 것이다. 앞으로는 점점 더 국가 개념이 희박해질 텐데 이런 상황에서 우리나라가 국제적으로 위력을 발휘하려면 이중 국적을 인정해야 된다는 것이 나의 생각이다.

세계는 이미 유태인과 화교라는 거대한 민족에 의해 좌우되고 있는데, 우리만 오직 하나의 선택을 강요해서 네 편 내 편을 가르고 누군가를 거부하고 해서는 안 되지 않을까.

미국에 이민 간 한인교포들이 "당신 어디 출신입니까?"라고 질문을 받았을 때 "미국"이라고 말하는 사람은 아마 없을 것이다. 한국인은 어딜 가나 한국인이다. 우리도 이제 한민족이라는 정체성을 바탕으로 더 큰 세계무대로 확산시켜 거대한 네트워크를 만들었으면 하는 바람이다. 한민족 네트워크는 대한민국의 미래 성장 동력의 한 축이 될 것임에 틀림없다.

한민족 네트워크를 확산시키기 위해서는 한국의 브랜드 파워를 키워나가는 게 우선이다. 내가 지속적으로 펼치고 있는 대한민국 홍보 활동이나 미래 사업으로 구상하는 국가 간 민족 간 커넥터로서의 역할은 모두 우리나라 국가 브랜드의 가치를 높이는 일과 일맥상통한다.

우리는 국제적인 스포츠 경기인 올림픽과 월드컵을 치르면서 국가 브랜드 성장을 위한 토대를 갖췄다. 이제 한 단계 더 도약하기 위해서는 이미지 전환이 필요하다. '코리아' 하면 떠올리는 '분단국' 으로서의 부정적 이미지를 '평화국' 이라는 긍정적 이미지로 전환하기 위해서는 보다 많은 노력이 필요할 것으로 보인다. 강익중 선생님과 펼치는 '세계 분쟁지역 평화 전파 프로젝트' 도 그런 차원에서 기획된 것이다.

국가 이미지를 창출하고 브랜드 파워를 높이는 데 IT기술이 큰 도움이 될 수 있을 것이다. 세계 최강의 정보기술을 이용해 어느 나라 사람이든지 손쉽게 사용할 수 있는 세계적인 포털사이트를 만들어 다각적이고 지속적인 홍보 활동을 벌여 나간다면 국제무대에서 유태인 및 화교들과 어깨를 나란히 할 날도 머지않으리라 본다.

나는 세계 유력신문에 한국 관련 광고를 집행하면서 해외동포들과 이야기를 나눌 기회가 많았다. 그들은 한결같이 한국인으로서의 자부심과 소명감, 민족적 정체성을 그대로 유지하고 있었다. 그래서 내 가슴이 더 찡했다. 전 세계에 진출한 한국인들이 하나가 된다면 우리는 더 큰 민족으로 우뚝 설 수 있을 것이다. 그런 경험들이 우리도 언젠가는 화교, 유태인 못지않은 큰 민족이 될 수 있다는 기대감으로 자리 잡았다.

2008년 7월 뉴욕타임스에 독도 광고가 나간 후 해외동포들과 유학생들이 먼저 제작하여 퍼뜨린 독도 광고 티셔츠. 세계 각지에서 활동하고 있는 해외동포들은 곧 우리 한민족의 크나큰 자산이다.

세상에서 가장 중요한 건 사람

★ 내가 그동안 많은 일을 해올 때마다 사람들이 나에 대해 가장 궁금해 하는 것은 '어떻게 생활하느냐'는 것이다. 솔직하게 말해서 '먹고 사는 데는 지장이 없냐?'라는 뜻일 것이다. 특별한 벌이도 없는 것 같은데 먹고 사는 문제에 대해서 초연한 것 같으니 그것이 궁금할 수도 있을 것이다. 그런 질문을 받으면 나는 "그렇다. 먹고 사는 데는 전혀 지장이 없다."라고 짤막하게 대답한다.

내가 했던 일은 사실 돈을 바라고 한 것은 아니다. 오히려 열심히 하다 보니 먹고 살만큼의 돈은 따라왔다. 대한민국 홍보 외에 틈틈이 프리랜서로서 기업들의 해외 홍보 마케팅 프로젝트에 참여하다 보니 기획료 수입 등이 생겨 생활하는 데는 전혀 무리가 없다. 최근에는 특히 한국 홍보 관련 강연 요청을 많이 받아 이곳저곳을 다니며 특강을 자주 하는 편이다.

나에게 홍보 마케팅을 의뢰하는 사람들은 대부분 대학생 때부터 알아 오던 기업체 분들이라 길게 얘기하지 않아도 잘 통하는 편이다. 대학 시절 협찬을 받기 위해 기업체에 들어가면 책임자로 있는 분들이 나를 보고 "어, 젊은 녀석이 재밌네. 배짱도 있고, 들이댈 줄도 알고……." 하면서 잘 봐주셨다. 그분들을 지금까지 여전히 만나고 있는데, 아직도 나를 어린 학생으로 여기시는 것 같아 쑥스럽기까지 하다. 학생으로 여긴다기보다는 그만큼 편하게 나를 불러주고 생각해주고 있다고 해야 될 것 같다.

어떻게 보면 내가 하는 일은 노하우(know-how)보다는 노후(know-who)가 중요한 것인지도 모른다. 커넥터라는 것이 사람과 사람, 조직과 조직을 연결하는 것이다 보니 가장 중요한 것이 사람이다. 대학생 때부터 다양한 프로젝트를 실행하면서 사람의 중요성을 피부로 실감한 나는, 일로 만난 사람이라도 인간적인 면에서 더 친해져 곧 형님, 동생이 되고 만다. 사람들은 그런 점이 나의 장점이라고 한다.

해외 유력지에 많은 돈을 내고 광고를 자주하다 보니 "혹시 집이 부자냐?"라는 질문도 종종 받았다. 부모님은 자녀 다섯을 대학, 대학원까지 보내느라 고생은 많이 하셨지만 먹고 살기 힘들 정도는 아니었다. 그랬다면 내가 그동안 해왔던 일을 덮어버리고 학비 벌기에 바빴을 것이다. 내가 외동아들이어서 부모님 노후를 걱정할 정도였다고 해도 이런 일을 못했을 것이다. 오히려 내가 힘들거나 돈이 좀 필요할 때 부모님과 네 명의 누나, 매형들에게 손을 벌리곤 했다. 가족들은 내가 이런 활동을 하는 걸 격려하고 적극 지원해 주었다. 기업체에서 자리를 잡아 안정적인 직장생활을 하고 있는 누나와 매형들은 내게 "조직에 매여 있지 말고 네가 하고 싶은 이 일에 최선을 다해."라고 늘 얘기를 해준다. 내가 이런 일을 할 수 있었던 원천은 바로 '가족의 힘'이라고 생각한다.

가족 다음으로 내가 도움을 받았던 것은 많은 네티즌들과 독지가, 정부 및 기업체, 그리고 여러 지인들이다. 요즘에는 김장훈 씨를 비롯해서 최수종, 하희라 부부 등 사회적으로 좋은 일을 많이 하는 연예인들까지 물질적, 정신적 도움을 받고 있다. 이런 분들의 후원과 도움이 없었다면 이런 일을 지속적으로 하지는 못했을 것이다.

최근 일자리가 부족해 휴학하는 학생들이 부쩍 많아졌다고 한다. 여대생들도 5학년 졸업이 늘었다는 소식을 신문에서 접할 수 있었다. 영어 점수 올리기, 제2외국어 준비하기 등 여러 스펙 쌓기에 많은 시간을 할애하는 것도 물론 중요하지만, 나는 대학생들에게 인생을 좀 더 멀리 내다보고 자신이 대학생 때 아니면 할 수 없는 일을 찾아보라고 말한다.

특히 한 번쯤 '동아리'를 직접 만들어 보라고 권하고 싶다. 나는 제 2, 제 3의 '생존경쟁'과 같은 동아리가 많이 나왔으면 하는 바람이다. 동아리 활동을 통해 자신의 아이디어를 구체화 해보기도 하고, 다양한 의견을 절충하면서 사람과의 관계를 직접적으로 배울 수도 있기 때문이다. 지금은 개인 신분으로 다양한 활동을 하는 것처럼 보이지만 대학 동아리 활동을 바탕으로 한 인맥은 지금도 나의 가장 큰 밑천이 되고 있다.

창업이나 다양한 아르바이트를 하는 것도 많은 도움이 되겠지만, 대학생다운 순수한 목적의 공익적인 활동을 하는 동아리에서 생활을 하다 보면 이해관계를 떠나 사람 대 사람으로 많은 것을 배울 수 있고 인맥을 넓히기에 제격이다.

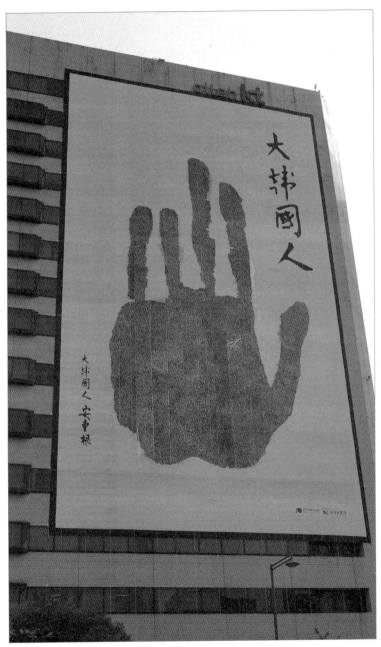

大韓國人

大韓國人 安重根

2009년 안중근 의사 의거 100주년을 맞아 대형 천(가로 30m, 세로 50m) 위에 약 3만여 명의 손도장을 모아 '안중근 손도장'을 재현했다. 이 행사는 전국 방방곡곡, 미국, 중국, 일본, 레바논 등 일반 국민 및 외국인, 해외동포들까지 참여한 '범국민 참여 프로젝트'로 진행됐다.

번뜩이는 아이디어를 내고 능동적으로 그 아이디어를 실행하기 위해 열심히 뛰어다니다 보면 기회는 언제든 찾아오기 마련이다. 동아리의 테마는 다양하겠지만 그 중 '대한민국'을 테마로 국가를 위해 할 수 있는 일들을 찾다보면 기업의 후원이나 국가의 지원을 받을 수도 있을 것이다.

물론 감나무 밑에 누워 입만 벌리고 있다고 감이 떨어지지 않는다. 무슨 일이든 성사시키려면 무조건 사람을 직접 찾아가 만나야만 한다. 단 5분이 된다 하더라도 메일이나 전화보다는 눈을 바라보고 직접 대화를 할 때 비로소 진심이 통한다는 걸 동아리 활동을 통해 배울 수 있었다. 사람을 만나서 그 사람과 친해지고 그 사람과 함께 무언가를 할 수 있다는 것은 가장 행복한 일이 아닐까 생각한다.

후배들이여!
대한민국의 미래를 위해 꿈을 키워라

★ 학생 때부터 세계로 시야를 넓히는 것이 인생의 방향을 정하는 데 큰 도움이 된다. 그래서 나는 후배들에게 기회만 있으면 밖으로 나가 넓은 세상을 경험하라고 이야기한다. 해외 봉사활동이나 배낭여행은 그런 점에서 세상을 경험할 수 있는 가장 좋은 방법이다. 각 대학 게시판이나 인터넷을 검색해보면 국가기관뿐 아니라 다양한 NGO단체에서 운영하는 다양한 봉사 프로그램이 있다. 자신의 적성과 관심분야에 맞춰 한 번쯤 도전하는 것도 좋을 것이다.

특히 대학생 때 혼자서 해외에 나갈 기회를 만들어 보는 것도 좋다. 아르바이트를 해서 경비를 마련하고, 모든 것을 혼자서 계획하고 실행하다 보면 나중에 큰 자신감을 얻을 수 있기 때문이다.

해외에 나가다 보면 모든 일이 뜻대로 진행되지는 않는다. 그러한 상황에서 대처하는 능력은 책에서는 결코 배울 수 없는 소중한 자산이 된다.

현지에서 만나는 친구들은 우리나라에 돌아와서도 이메일이나 메신저, 블로그를 이용해 꾸준한 관계를 유지하는 것이 좋다. 글로벌 시대를 살면서 외국인 친구들에게 도움 받을 일이 많기 때문이다.

하지만 '글로벌 에티켓'은 꼭 지켜야 한다. 유럽의 어떤 박물관에 갔는데 세계지도에서 'East Sea(동해)'가 아닌 'Sea of Japan(일본해)'으로 표기가 돼 있던 부분을 칼로 긁어놓은 것을 본 적이 있다. 그런 행위들은 오히려 더 역효과를 일으킬 뿐이다. 당당히 박물관 관계자를 찾아가 잘못된 점을 지적하고 객관적인 자료를 계속적으로 보내 박물관 측에서 직접 바꿀 수 있도록 유도하는 것이 옳은 방법이다.

마지막으로 후배들에게 한 가지 더 해주고 싶은 말은 인생을 너무 조급하게 바라보지 말라는 것이다. 젊은 시절 어느 한순간 자기가 좋아하는 일, 보람 있는 일에 열정을 바치는 것이 인생을 길게 봤을 때 결코 헛된 것이 아니라는 이야기를 꼭 해주고 싶다.

나는 대학생 때부터 대한민국을 알린다고 세계를 누비고 다녔지만, 인생을 허비한다는 생각은 단 한 번도 하지 않았다. 남들은 취업 준비한다고 도서관에서 책과 씨름하는 동안에도 나는 내가 하고 싶은 일을 하기 위해 밖으로, 해외로 나돌았다.

누가 시킨 것도 아니고 수입이 생기는 것이 아닌데도 그게 내 일이라고 생각하고 열정을 바쳤다. 열심히 한우물만 파다 보니 웅덩이가 생겼고, 계속해서 걷고 또 걷다 보니 길이 보였다. 지금은 '대한민국 홍보' 분야에 전문가가 되어 객원교수의 타이틀을 가지고 각계 기관에 자문도

하고 강연도 많이 하고 있다.

다행히 이 일에서 평생을 바칠 나의 길을 찾았지만, 먼 훗날 다른 직업을 갖는다 하더라도 이 모든 경험들은 나를 지탱시키는 힘이 되리라고 믿는다.

앞으로는 직장보다 직업이 더 중요한 시대가 될 것이다. 급변하는 시대에 직장은 영원하지 않다. 세계적인 금융 위기로 글로벌 기업의 흥망을 목격한 지금, 직장과 직업에 대한 생각을 다시 정리해 볼 필요가 있다. 당장 안정된 생활을 찾아 연봉 높은 직장만을 찾아다니는 것이 아니라 정말로 하고 싶은 일, 특히 내가 누구보다 잘 할 수 있는 일이 무엇인지를 찾아 직업을 선택하는 것이 중요하다.

물론 '이것이 내 길이다' 하며 자신의 길을 명확히 찾는 것은 쉽지 않다. 그렇기 때문에 모든 가능성을 열어두고 여러 분야에 도전을 해보는 것이 젊은이의 특권이라고 생각한다.

일단 한번 부딪쳐 보고 경험해 보며 자기가 진짜 나갈 길인지 아닌지 판단해도 절대 늦지 않다. 그렇게 해서 선택한 길이라면 나중에 후회할 일도 적을 것이다. 요즘 취업난이 심각하다고 하지만 꿈을 찾아 긴 여정을 펼치면 언젠가는 원하는 그곳에 반드시 도달할 수 있을 것이다.

뉴욕타임스에 처음 광고를 내던 2005년 당시 나는 만 31세였고, 광복 60주년이었다. 그 해는 내게 있어서 평생 잊지 못할 한 해가 되었다. 그 때로부터 40년 세월이 지나 광복 100주년이 되면 나는 칠순 할아버지가 될 것이다.

그 무렵 우리나라가 세계의 리더 국가가 되고 우리 한민족이 세계에 우뚝 선다면 더 이상 바랄 것이 없다. 우리의 한민족이 세계의 리더로서 당당하게 자리하는 데 작으나마 기여할 수 있는 그런 사람이 되는 것이 진정한 나의 소망이다. 그 소망을 위해 나는 오늘도 배낭을 꾸린다.

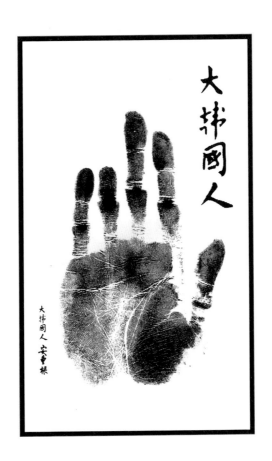

한국 홍보전문가 **서경덕**의

세계를 향한
무한도전

저자 서경덕

표지 사진 김현희
캘리그라피 이신영 www.heare.co.kr

기획 · 편집 권민희 김은정
디자인 정미영
마케팅 장기봉 황기철
경영관리 박태은

인쇄 HEP

초판 6쇄 2015년 10월 28일

펴낸이 이진희
펴낸 곳 종이책 (리스컴)

주소 서울시 서초구 강남대로79길 2번지 4층
전화번호 02-540-5192~3(영업부)
 02-544-5922, 5933, 5944(편집부)
 02-544-5934(미술부)
FAX 02-540-5194
등록번호 제 2-3348
홈페이지 www.leescom.com

ISBN 978-89-94149-00-4 03800
책값은 뒤표지에 있습니다.

* 잘못된 책은 바꾸어 드립니다.

MISSION!
대한민국을 알려라!